MAUVAISE JOURNÉE, DEMAIN

DOROTHY PARKER

MAUVAISE JOURNÉE, DEMAIN

Traduit de l'anglais
par Hélène FILLIÈRES

CHRISTIAN BOURGOIS ÉDITEUR

Titre original :
Thirteen Short Stories

ISBN 2-267-01494-7

Quel joli petit tableau

I

M. Wheelock était occupé à tailler la haie. Il ne détestait pas le faire. N'eût été l'odeur légèrement écœurante des troènes en fleur, il y aurait même pris plaisir. Sa paire de cisailles toute neuve était si bien aiguisée, si brillante ; il avait le sentiment vraiment gratifiant d'accomplir sa tâche au fur et à mesure que les jeunes pousses tombaient et que se dessinait un massif rigoureusement carré. Il y avait encore beaucoup à faire sur cette haie. M. Wheelock aurait dû s'en occuper une semaine plus tôt, mais ce n'était qu'aujourd'hui qu'il avait pu quitter la ville assez tôt pour rentrer avant l'heure du dîner.

La taille de la haie était l'un des seuls travaux domestiques pour lesquels on pouvait faire confiance à M. Wheelock. Pour le reste, il était d'une inefficacité notoire dans toute la maison. Tout le quartier était au courant. C'était la source de toutes les blagues de Mme Wheelock. La plus populaire de ses anecdotes racontait comment, après s'être vainement acharné sur le poêle pendant sept ans, son mari avait fini, l'hiver précédent, par aller embaucher un type pour s'en occuper. Mme Wheelock avait une mémoire admirable ; elle pouvait raconter l'histoire cent fois sans jamais en oublier un seul détail. Encore maintenant, à la fin de l'été, elle avait du mal à en venir à bout, tant elle riait.

Au début de leur mariage, M. Wheelock s'était laissé prendre au jeu. Pour que la blague fût plus drôle, il se faisait volontiers passer pour plus inefficace qu'il ne l'était vraiment. Mais peu à peu, il s'était lassé de son impotence comme sujet de conversation. Tous les hommes de l'entourage de Mme Wheelock, ses cousins, son beau-frère, les garçons avec qui elle était allée au lycée, les maris de ses voisines, tous sans exception étaient experts en installation d'étagères, en réparation de serrure, en fabrication de sacoches à fixer à la ceinture. Et M. Wheelock avait commencé à sentir qu'il y avait quelque chose d'un tantinet efféminé dans son manque d'intérêt pour ces choses.

Récemment, il avait voulu répondre à sa femme chez des voisins lorsqu'elle s'était mise à animer le dîner avec ses histoires sur sa gaucherie au marteau et à la clé à molette. Il avait pensé hurler : « D'accord, disons que je ne suis pas bon à ces choses-là. Et alors ? »

Il avait joué un moment avec l'idée, avait imaginé comment sa voix sonnerait s'il prononçait de tels mots. Mais il n'arrivait pas à trouver d'autre argument que : « Et alors ? » Et, d'une certaine façon, il fut plutôt soulagé de ne rien trouver de plus fort. Il était rassuré : son plan de répondre aux railleries publiques de sa femme était définitivement impossible à mener à bien.

En ce moment, Mme Wheelock était assise sous le porche impeccable de leur charmante maison en stuc. À côté d'elle s'empilaient chemises et caleçons de son mari, dont on n'avait pas encore ôté les prix. Avant qu'il ne porte un nouveau vêtement, il fallait toujours qu'elle reprenne les boutons pour les coudre plus solidement. Mme Wheelock n'attendait jamais qu'un bouton se défasse pour le recoudre. Et c'est avec des gestes rapides et décidés qu'elle s'y attelait, en serrant les lèvres à chaque fois que ses doigts prestes sentaient la moindre résistance.

C'était une femme de petite taille, et depuis la naissance de son enfant, elle était passée de délicatement ronde à résolument trapue. Sa chevelure châtain, bien qu'abondante, tombait en une ligne incertaine sur son front. Elle avait l'habitude de mettre des bigoudis la nuit, mais les ondulations ne venaient jamais au bon endroit. Elle s'y appliquait chaque soir avec grand soin, mais le résultat au matin laissait penser qu'elle s'y était prise à la va-vite. Passionnément propre, elle embaumait toujours le savon germicide avec lequel elle se frottait si vigoureusement. Il fallait qu'elle dise à tout le monde, quitte à frôler la redite, qu'elle n'utilisait jamais de produits de beauté. Elle avait en outre un mépris illimité pour les femmes qui font des régimes amaigrissants en éliminant de leur menu toutes ces bonnes choses que sont la crème, les puddings et les céréales.

Les amis d'Adélaide Wheelock – et elle en avait beaucoup – disaient d'elle qu'elle était très carrée. Pour eux comme pour elle, c'était un compliment.

Sœur[1], la fille des Wheelock, âgée de cinq ans, jouait tranquillement sur le chemin de gravier qui traverse la minuscule pelouse. On la connaissait sous le nom de *Sœur* depuis qu'elle était née, et sa mère caressait toujours l'idée d'un possible petit frère. Le couffin de *Sœur* attendait dans la cave et ses habits de bébé étaient soigneusement rangés dans les tiroirs d'une commode. Mais les augmentations se faisaient rares dans l'agence de publicité qui employait M. Wheelock, et son salaire actuel rattrapait tout juste le coût de leur vie. Ils ne se voyaient raisonnablement pas en mesure d'assumer un fils. Et si le couffin restait vide, il était entendu que le blâme retombait irrémédiablement sur monsieur.

Sœur n'était pas une belle enfant, même si ses traits étaient réguliers et qu'un jour, ses yeux seraient beaux. Pour le moment, le gauche obliquait légèrement vers le nez quand elle regardait dans une certaine direction ; ils allaient la faire opérer dès son septième anniversaire. Elle avait les cheveux filasse, et le teint gris. C'était une petite fille délicate. Pas fragile au sens pittoresque du terme, mais le genre d'enfant qui doit constamment suivre des traitements pour les dents et la gorge, et pour de mystérieuses choses dans le nez. On lui avait retiré les végétations récemment, et elle utilisait encore des morceaux de gaze chirurgicale au lieu de mouchoirs. Mère et fille trouvaient que, d'une certaine manière, cela lui donnait une sorte de prestige.

Elle était handicapée aussi par ses vêtements, que sa mère achetait au moins une taille au-dessus, dans

1. Sic : *Sister*, dans le texte. (*N.d.T.*)

l'idée qu'ils lui iraient quand elle grandirait – une éventualité qui semblait ne jamais se réaliser, car ses jupes étaient toujours trop longues, et les épaules de ses petites robes lui arrivaient systématiquement aux coudes, qu'elle avait d'ailleurs trop fins. Cela dit, sans même tenir compte de ses habits désolants, on sentait, d'une certaine manière, que rien ne lui irait jamais vraiment.

Tout en taillant sa haie, M. Wheelock jetait de temps en temps un coup d'œil à sa fille. Il n'avait jamais éprouvé d'ardent frisson d'amour paternel pour cette enfant. Il avait été déçu par ce bébé pâle à grosse tête, empestant le lait tourné et le caoutchouc tiède. *Sœur* le mettait mal à l'aise ; elle l'irritait vaguement. Il n'avait pris aucune part à son éducation ; Mme Wheelock était si compétente dans son rôle de parent qu'elle avait pris la place des deux. Quand *Sœur* venait demander à son père l'autorisation de faire quelque chose, il lui disait toujours d'attendre et de consulter sa mère.

Il considérait qu'il éprouvait pour sa fille ni plus ni moins que l'affection paternelle de circonstance. Il lui était arrivé, en effet, d'avoir le cœur déchiré à cause d'elle – quand il avait attendu dans le couloir à la sortie du bloc opératoire, alors qu'elle était encore sous anesthésie, et qu'elle gisait, si petite et si blanche, sans défense sur son lit d'hôpital surélevé ; et puis aussi la fois où il avait claqué accidentellement une porte sur son pouce. Mais depuis le premier jour, il se l'était presque avoué à lui-même : il n'aimait pas *Sœur* en tant que personne.

Sœur n'était pas une enfant pleurnicharde en dépit

de sa santé fragile. C'était une petite fille raisonnable, très comme il faut, jamais réticente à parler aux visiteurs, tout sauf égoïste. Elle ne faisait jamais de bêtises, contrairement aux autres enfants ; en fait, elle se souciait peu des autres enfants. On avait pu lui dire qu'elle était « vieillotte », mais elle se savait délicate. Et puis d'abord, se disait-elle, de tels qualificatifs ne faisaient que la placer au-dessus des autres. Les autres, ils étaient frustes, et se négligaient physiquement.

Sœur, quant à elle, était extrêmement précautionneuse de sa personne. L'herbe, elle le savait, risquait souvent d'être humide à cette heure-ci de l'après-midi. Aussi, tandis qu'elle jouait, assise sur un journal plié en deux, à l'un de ses jeux mystérieux avec trois pétunias qu'elle avait eu l'autorisation de cueillir, elle faisait attention à rester bien au milieu du chemin de gravier. Mme Wheelock n'avait jamais besoin de lui dire deux fois d'éviter l'herbe mouillée, ou de porter ses caoutchoucs, ou de mettre son blouson si la brise se levait. *Sœur* était une enfant immédiatement obéissante, toujours.

II

Mme Wheelock leva les yeux de sa couture et héla son mari de sa voix haute et claire, résolument enjouée. Avec son habitude de crier ses instructions à *Sœur* depuis sa fenêtre, à l'étage, quand celle-ci jouait sous le porche en bas, elle parlait toujours un peu plus fort que nécessaire.

« Papa ! » fit-elle.

Elle s'était mise à l'appeler Papa à peu près huit mois avant la naissance de *Sœur*. Mère et fille s'amusaient souvent à ce petit jeu : elles criaient son nom mais ne lui disaient jamais ce qu'elles avaient à lui dire tant qu'elles n'étaient pas sûres d'avoir toute son attention.

M. Wheelock s'arrêta de tailler la haie, se redressa et se retourna vers sa femme.

« Papa, poursuivit-elle, rassurée à présent. J'ai vu M. Ince à la poste aujourd'hui quand *Sœur* et moi sommes allées chercher le courrier de dix heures. Il n'y avait pas grand-chose, rien qu'une carte pour moi de la part de Grace Williams, envoyée de cet endroit où ils vont du côté de Cape Cod, et une publicité d'un magasin quelconque pour leurs soldes d'été sur les fourrures – comme si ça pouvait m'intéresser –, et un relevé de la banque pour toi. Je l'ai ouvert ; je savais que ça ne te dérangerait pas.

» Enfin bon, je me suis dit que j'allais toucher deux mots à M. Ince au sujet de notre livraison de bois. Au début, il ne m'a pas vue – moi je parie que si, et qu'il a fait semblant de ne pas me voir –, en tout cas, je me suis précipitée vers lui. "Oh, monsieur Ince !" je lui ai dit. Il m'a répondu : "Tiens ! Bonjour madame Wheelock", et puis il m'a demandé de tes nouvelles, je lui ai dit que tu allais très bien, et tout. Ensuite, je lui dis : "Dites donc, monsieur Ince, et notre livraison de bois ?" Et là, il me dit : "Euh, je m'en occupe dès que je peux, madame Wheelock, mais en ce moment, je manque de main-d'œuvre."

» Manque de main-d'œuvre ! Évidemment je n'ai rien dit, mais à mon avis, d'après mon regard, il a deviné que je ne le croyais pas. J'ai juste dit : "Très bien, monsieur Ince, mais ne nous oubliez pas. Il peut y avoir un coup de froid, et nous allons avoir besoin de faire du feu dans le salon. Ne nous oubliez pas." Et il a dit que non, il n'oublierait pas.

» Si ce bois n'est pas livré d'ici lundi, je crois que tu vas devoir faire quelque chose, Papa. Ça n'a pas de sens de remettre sans cesse à plus tard. Il va y avoir un coup de froid, c'est sûr, et ce, avant qu'on ait le temps de se retourner. Et quand on voudra faire du feu dans le salon, on sera frais ! Tu me promets que tu t'en occupes, hein, Papa ? Je t'y ferai penser lundi, si j'y pense. Mais avec tout ce que j'ai à faire… »

M. Wheelock opina de la tête et retourna à son travail – et à ses pensées. C'étaient des pensées auxquelles il consacrait une bonne partie de ses moments de liberté, ces derniers temps. Après le dîner, quand Adélaide était à sa couture ou en train de se disputer avec la bonne, il s'était plusieurs fois surpris à laisser retomber son magazine sur ses genoux, avec la même idée lui trottant encore et encore dans la tête. Il en venait même à compter les heures, durant la journée, qui le séparaient de l'heureux moment où il aurait tout loisir de s'y abandonner. Aussi avait-il accueilli la taille de la haie avec plaisir ; quand on taille, on peut penser en même temps.

Tout avait commencé à cause d'une histoire qui lui était revenue aux oreilles. Il ne se rappelait plus s'il l'avait entendue ou lue – ce devait être ça plutôt, pensa-t-il, il avait dû tomber dessus en feuilletant les dernières pages d'un journal satirique que quelqu'un avait laissé dans le train.

C'était l'histoire d'un homme qui habitait en banlieue. Tous les matins, il prenait le 8 h 12 pour aller en ville, montait dans le même wagon et s'asseyait toujours à la même place. Et ce depuis vingt ans. Et puis un soir, il n'était pas rentré chez lui. Il n'était plus jamais retourné à son bureau. Il n'était tout simplement jamais réapparu.

La dernière personne à l'avoir vu était le conducteur du 17 h 17.

« Il attendait sur le quai à Grand Central, racontait cet homme, comme il le faisait tous les soirs depuis que je travaille sur cette ligne. Il a mis un pied sur la marche, et puis, tout d'un coup, il s'est arrêté et il a dit : “Oh, et puis zut”, et il a levé son pied de la marche, et il s'est éloigné. C'est la dernière fois que quelqu'un l'a vu. »

C'était curieux à quel point cette histoire avait d'emprise sur l'imagination de M. Wheelock. Il y avait d'abord pensé comme à une blague anecdotique ; mais au final, c'était devenu un fait. Selon lui, que l'homme se fût toujours assis à la même place et dans le même wagon ne signifiait pas qu'il ait été particulièrement névrosé. Il se disait que ce n'était pas là ce qui importait. Ce qui l'intriguait davantage, c'était l'épouse de cet homme. Il se demandait quelle banlieue il avait bien pu habiter. Il adorait jouer avec la chose, il adorait essayer de ressentir ce que cet homme avait pu ressentir avant de lever le pied de la marche. Il ne se posait jamais la question de savoir où cet homme avait pu disparaître, ni comment il avait vécu après. Ce qui absorbait M. Wheelock, c'était le moment précis où le type avait dit : « Oh, et puis zut », et s'était éloigné. « Oh, et puis zut. »

M. Wheelock trouvait que c'était vraiment subtil d'avoir dit ça, un résumé parfait de la situation.

Il essayait de s'imaginer à la place de cet homme. Mais non. Lui, il s'y serait pris dans l'autre sens. Oui, dans l'autre sens, c'était mieux.

Un soir d'été comme celui-là, par exemple : Adélaide en train de coudre ses boutons sous le porche, et *Sœur* en train de jouer quelque part. Il faudrait que ce soit au cours d'une soirée charmante et tranquille, à l'heure où les ombres s'allongent dans la rue qui mène de leur maison à la gare. Il poserait les cisailles de jardin par terre, ou le tuyau d'arrosage, ou n'importe quel accessoire qu'il aurait été en train de bricoler – mais sans les jeter, hein, en les posant juste à côté, discrètement –, il passerait la barrière, et puis il descendrait la rue et ce serait la dernière fois qu'on le verrait. Il aurait tout calculé pour pouvoir prendre le 18 h 03 sans se presser, direction la ville.

Il n'avait pas poussé l'idée tellement plus loin. Il n'était pas spécialement impatient de quitter l'agence de publicité pour toujours. Il ne détestait pas particulièrement son travail. Il avait toujours été représentant en publicité, et ce depuis son entrée dans la vie active. Il travaillait dur et ne s'était jamais, en fin de compte, posé de questions sur son travail.

En fin de compte, M. Wheelock ne s'était jamais posé de questions du tout, avant l'affaire : « Oh, et puis zut. » Il faudrait qu'il disparaisse du bureau aussi, bien sûr. Ça gâcherait tout s'il y retournait. Peut-être lui faudrait-il prendre un train vers l'ouest, une fois arrivé à la gare centrale par le 18 h 03 – il pourrait alors aller à Buffalo, par exemple, ou à Chicago. Mieux valait laisser cette partie se régler toute seule et se concentrer sur le moment précis où tout s'enclencherait et où il ne pourrait plus revenir sur sa décision ; à savoir quand il poserait les cisailles et qu'il franchirait la barrière…

Le « Oh, et puis zut » l'inquiétait un peu. M. Wheelock sentait qu'il devait le garder – ça complétait si joliment le geste –, mais il ne voyait pas très bien à qui le dire.

Il pourrait s'arrêter à la poste en allant à la gare et le dire au receveur des postes ; mais le receveur des postes s'imaginerait que c'était parce qu'il n'y avait pas de courrier pour lui. Et le conducteur du 18 h 03, un train que M. Wheelock ne prend jamais ; inutile d'espérer qu'il saisisse l'effet recherché. Évidemment, ce qui serait bien, ce serait de le dire à Adélaide juste avant de poser les cisailles. Mais cette scène-là, quelque part, M. Wheelock avait du mal à l'imaginer.

III

« Papa ! » lança vivement Mme Wheelock.

Il arrêta de tailler et se tourna vers elle.

« Papa, reprit-elle, j'ai croisé la voiture du docteur Mann devant chez nous ce matin – il allait voir M. Warren ; il semble que ça aille mieux son rhumatisme –, alors je l'ai fait entrer une minute pour qu'il nous examine aussi. »

Elle fit une grimace, cligna de l'œil et secoua la tête nerveusement en direction de *Sœur*, qui était tout absorbée par son jeu, pour indiquer à son mari qu'il s'agissait de la petite.

« Il a dit que nous faisions de gros progrès », continua-t-elle, quand elle fut certaine qu'il avait saisi l'idée. « Paraît que c'est pas la peine de lui faire l'a-b-l-a-t-i-o-n des a-m-y-g-d-a-l-e-s. Mais je me dis, le temps va se rafraîchir, alors faudrait qu'on fasse un saut en ville un de ces jours le mois prochain, histoire de demander l'avis du docteur Sturges. On n'est jamais assez prudent.

– Mais le docteur Lytton aussi a dit que ce n'était pas nécessaire, ainsi que tous les médecins de l'hôpital. Et maintenant, le docteur Mann, qui la suit depuis qu'elle est bébé, lui fit remarquer M. Wheelock.

– Je sais, je sais, rétorqua sa femme. Mais on n'est jamais assez prudent. »

M. Wheelock retourna à sa haie.

Il n'oserait jamais. Oh, bien sûr que non. Il n'y avait jamais pensé sérieusement. Pas une seule minute. Il en était incapable. Il n'aurait pas l'ombre d'une excuse. Adélaide était une femme en or, une épouse des plus fidèles, une mère dévouée corps et âme. Elle savait tenir une maison avec une économie et une efficacité exemplaires. Elle harcelait tous les commerçants du quartier afin d'obtenir un service de qualité, elle avait l'art de discipliner la série de bonnes chichement payées et si peu expérimentées, et ne rechignait jamais à peaufiner toutes ces petites choses qui font la bonne tenue d'un foyer. Elle s'occupait de ses habits, lui donnait des médicaments quand elle pensait qu'il en avait besoin, surveillait la préparation de chacun des plats qui lui étaient servis ; bien sûr, ces plats manquaient parfois d'inspiration, mais la nourriture était toujours très nourrissante et, de manière générale, assez bien cuisinée. Mme Wheelock ne se mettait jamais en colère, n'était jamais déprimée, et jamais malade.

Pas l'ombre d'une excuse. Et ça se savait. Alors les gens lui en inventeraient une. Ils diraient qu'il devait y avoir une autre femme.

M. Wheelock fronça les sourcils, et s'acharna sur une jeune pousse obstinée. Grands dieux, la dernière chose dont il avait besoin, c'était bien d'une autre femme. Non, ce dont il avait besoin, c'était que vienne le moment où il se dirait qu'il pouvait le faire, le moment où il poserait les cisailles…

Oh, non, il n'oserait jamais ; il le savait, tout le monde le savait. Qu'est-ce qu'elles feraient, Adélaide et *Sœur* ? La maison n'était même pas encore payée, et puis il y avait cette opération des yeux de la petite dans quelques années. Cela dit, d'ici le mois de mars, il aurait fini de payer la maison. Et puis, il y avait toujours ce riche beau-frère d'Adélaide, celui qui, grand bien lui fasse, a monté de ses deux mains toutes les étagères de la maison.

Les gens bien ne partent pas comme ça en laissant femme et enfant derrière eux. Bon d'accord. Alors, disons que vous n'êtes pas quelqu'un de bien ; vous faites quoi dans ce cas ? Avec Adélaide en train de planifier ce qu'elle va faire le mois prochain quand le temps se sera rafraîchi. Toujours à tout planifier à l'avance celle-là, toujours à croire que les choses suivent leur cours sans surprise. Oh, M. Wheelock savait bien qu'il ne serait jamais capable de faire quoi que ce soit, ni ça, ni rien d'autre. Mais il pouvait bien s'amuser un peu avec l'idée. Et vous ? Vous diriez le « Oh, et puis zut » maintenant, avant de poser les cisailles, ou juste après ? Qu'est-ce que ça donnerait de le dire à la barrière, en se retournant ?

M. et Mme Fred Cole, bras dessus, bras dessous, apparurent au coin de la rue, à l'angle de leur jolie maison de stuc.

Ils s'arrêtèrent à sa hauteur, de l'autre côté de la haie.

« Dites donc, elles vous font travailler dur, hein ? » lança M. Cole affablement.

M. Wheelock eut un rire poli, et marqua un temps avant de répondre.

« C'est vrai. »

Mme Wheelock leva la tête de son ouvrage et, de sa main ornée du dé à coudre, se protégea les yeux des longs rayons du soleil couchant.

« Oui, nous avons enfin réussi à faire un peu travailler Papa, s'exclama-t-elle gaiement. Mais, *Sœur* et moi, on reste ici pour le surveiller ; il pourrait se couper avec les cisailles, le petiot. »

Ce fut un éclat de rire général, auquel se joignit *Sœur*. Elle s'était scrupuleusement relevée à l'approche des grandes personnes, et les regardait poliment dans les yeux, comme on lui avait appris à le faire.

« Et comment va ma jolie grande fille ? demanda Mme Cole, en la fixant affectueusement du regard.

– Oh, beaucoup mieux, répondit Mme Wheelock à la place de *Sœur*. Le docteur Mann a dit que nous faisions de gros progrès. J'ai croisé sa voiture devant chez nous ce matin – il allait voir M. Warren, son rhumatisme va beaucoup mieux –, alors je l'ai fait entrer une minute pour qu'il nous examine. »

Elle fit son clin d'œil et son hochement de tête, dans le dos de *Sœur*. M. et Mme acquiescèrent avec perspicacité.

« Il a dit que ce n'était pas la peine de lui faire l'a-b-l-a-t-i-o-n des a-m-y-g-d-a-l-e-s, annonça Mme Wheelock. Mais je me dis que le temps va se rafraîchir, alors faudra qu'on fasse un saut en ville un de ces jours le mois prochain, histoire que le docteur Sturges nous donne son avis. Je disais justement à Papa : "On n'est jamais assez prudent", je lui ai dit.

– Oui, on n'est jamais assez prudent », renchérit Mme Cole, et son mari acquiesça de nouveau de la tête, avec gravité cette fois. Elle le prit par le bras et ils continuèrent leur chemin tranquillement.

S'inquiétant d'être partie un peu vite, elle ajouta par-dessus son épaule :

« On a eu une belle journée, n'est-ce pas ? Fred et moi, on se dégourdit les jambes avant de dîner.

– Ah, vous vous dégourdissez les jambes ? » rétorqua Mme Wheelock, en riant.

Mme Cole rit elle aussi, trois ou quatre fois.

« Oui, on se dégourdit un peu les jambes avant de dîner », fit-elle en écho.

Sœur, qui s'était lassée de son jeu, gagna le porche, en pleurnichant légèrement. Mme Wheelock posa sa couture pour prendre l'enfant fatiguée sur ses genoux. Sa chevelure châtain scintilla d'or sous les derniers rayons de soleil. Son visage étroit et dur et son épaisse silhouette se retrouvèrent à l'ombre comme elle se penchait sur la petite fille. *Sœur* enfouit sa tête dans l'épaule de sa mère. On pouvait deviner la forme de son petit corps frêle et détendu aux plis que faisait sa robe blanche toute froissée.

Sous cette jolie lumière, l'ensemble que formait la chiche maison de stuc construite à la hâte, l'impeccable chemin de gravier et les bouts de pelouse tondue à ras avait un certain charme. Et le long visage émacié de M. Wheelock, comme il penchait la tête pour finir les derniers centimètres de haie non taillée, était lui aussi touché par la grâce de cette lumière.

Vingt ans, pensa-t-il. Le type de l'histoire a tenu le coup pendant vingt ans. Il devait donc avoir environ quarante-cinq ans au moment des faits. M. Wheelock en avait trente-sept. Huit ans. C'est long, huit ans. En huit ans, on a le temps de se préparer à le dire, le fameux « Oh, et puis zut » final, même à Adélaide. Ça ne doit pas prendre plus de quatre ans pour savoir qu'on y arrivera. Non, pas plus de deux…

Mme Cole s'arrêta au coin de la rue et se retourna vers la maison des Wheelock. Elle vit les derniers rayons du soleil s'attarder sur le groupe que formaient la mère et l'enfant sous le porche, et venir gentiment caresser le long visage blanc de leur mari et père qui se rapprochait du porche, son travail terminé.

Mme Cole était une grosse femme douce mais stérile, une sentimentale invétérée.

« Regarde, Fred. Retourne-toi et regarde », dit-elle à son mari. Elle resta un moment encore à contempler la scène, en soupirant avec volupté.

« Quel joli petit tableau ! »

Le Beau Monde, décembre 1922

La jarretière

Et voilà ! Il fallait que ça arrive. Il fallait que ça m'arrive à moi. Je n'ai pas assez de soucis comme ça. La pauvre orpheline esseulée, piégée pour la soirée à cette maudite fête, sans l'ombre de quelqu'un qu'elle connaisse, c'est moi. Et voilà que ma jarretière lâche et se casse. C'est bien leur genre de me préparer ce coup-là. Voyons, qu'est-ce qu'on va bien pouvoir lui faire ? Tiens, et si on s'arrangeait pour que sa jarretière lâche ; bon, c'est pas nouveau comme blague, mais ça marche pratiquement à tous les coups. Faut vraiment qu'ils n'aient rien d'autre à faire pour ressortir des blagues de lycée et se moquer d'une pauvre orpheline au cœur malade, toute seule parmi la foule. Il n'y a pas de solitude plus amère. Tout le monde vous le dira. Celui qui oublierait de vous le dire est un œuf pourri.

Ça n'aurait pas pu m'arriver dans la sainte atmosphère parfumée de mon boudoir. Voire dans le semblant d'intimité du taxi. Oh, non. Ça aurait été trop gentil. Il fallait que ça attende le moment où je me retrouve coincée, tel un rat effrayé, dans une pièce remplie de gens que je ne connais pas. À plus de quarante mètres du dressing – on dirait du Sheridan. Si quelque chose devait se briser, il fallait que ça tombe sur moi. *Brise-toi, brise-toi, brise-toi sur tes froides pierres grises. Ô mer, si seulement ma langue savait dire les pensées qui surgissent en moi.* Ah, si seulement ma langue savait, tiens ! Cette pièce se viderait en trente secondes, montre en main.

Dieu merci j'étais assise quand la catastrophe est arrivée. Vous devriez vous en servir pour vos méditations existentielles. Je vous offre un aperçu de l'abîme dans lequel peut se noyer un être humain. S'il y a bien une chose pour laquelle je bénis le monde entier, c'est d'avoir été assise au moment où ma jarretière a lâché. Faites le compte de vos grâces, nommez-les une par une, et vous serez surpris de ce que le Seigneur a pu dispenser. Ouais. Je vois.

On fait quoi exactement dans un cas pareil ? Il aurait fait quoi, Napoléon ? Il faut que je garde la tête froide, que je sois pratique et que je m'organise. Il faut à tout prix éviter la panique. Pour l'amour de Dieu, dites à l'orchestre de continuer à jouer. Dansez, vous autres allumés du jazz, pantins du destin, et ne faites pas attention à moi. Tout va bien. Des soucis ? Nenni, monsieur, tout va bien. Rien à signaler.

Je ne vois qu'une solution : je reste assise et je la retiens, sinon mon bas dégringolera sur ma cheville. Je reste assise, je reste assise et je reste assise, et c'est tout. Ça s'annonce bien : viendra l'été, puis l'éclatant automne amer, et enfin le joyeux vieux roi Hiver ; et moi je serai là, agrippée à cette foutue chose. Amour et gloire passeront à mes côtés, et je ne connaîtrai jamais l'immense joie sacrée de serrer un petit corps tout chaud dans mes bras comblés. Je n'écrirai probablement jamais d'impérissables lignes dont la postérité saurait s'émerveiller ; je ne connaîtrai jamais ni voyages, ni richesse, ni rencontres intéressantes, ni aventure fabuleuse, ni la douce grâce de ma plénitude de femme. Ah, merde.

Ils seront contents, mes chanceux hôtes, quand tout le monde sera parti, de me trouver encore assise là. Je me demande si je les connaîtrai jamais assez bien pour leur avouer mon petit secret, rouge de honte et tête baissée. Il faudra que j'attende qu'on se connaisse mieux, j'imagine. Je vais vivre probablement longtemps ; mon système ne devrait pas trop s'user, à rester assise là, au fil des ans, agrippée à mon bas. Peut-être qu'ils trouveront un moyen de me rendre utile, au bout d'un certain temps. Ils pourraient m'accrocher des chapeaux dessus, ou se servir de mes genoux comme cendriers. Je me demande si leur bail se termine au 1er octobre. Non, non, non, écoutez, je ne veux pas en entendre parler ; allez-y, déménagez, et laissez-moi ici pour les nouveaux locataires. Le propriétaire me refera peut-être une beauté en leur honneur. Mes habits vont jaunir, comme ceux de Miss Havisham, dans *Les Grandes Espérances*, de Charles Dickens, un romancier anglais, 1812-1870. Miss Havisham avait le cœur brisé, moi c'est ma jarretière qui s'est brisée. Les Deux Frustrées. Les Deux Frustrées sur une Île. Les Deux Frustrées à la Foire Mondiale. Les Deux Frustrées sur leur Brise-Glace. Les Deux Frustrées à la Maison de toutes les Nations. Ça suffit comme ça. Je ne rigole plus.

Quand j'y pense : une jeune vie prometteuse bloquée, arrêtée, anéantie à cause d'une jarretière ! En des temps plus heureux, j'aurais su utiliser le mot « jarretière » dans une phrase. Plus près de toi, ô ma jarretière, plus près de toi. C'est pas grave ; ma vie est finie, de toute manière. Mais comment feront-ils, le jour où je serai morte ? Verront-ils seulement la différence ? Je ressemble déjà à un cadavre telle que je suis là, agrippée à ma jarretière. Un cadavre tout vilain, tout froid et tout humide [1]. C'est dans *Nicolas Nickleby.* Qu'est-ce qui se passe, enfin ? Qu'est-ce je fabrique ? Je passe une soirée avec Dickens ? Ma foi, c'est le mieux qui puisse m'arriver, à partir de maintenant.

Si je pouvais recommencer ma vie, je porterais des corsets ; des corsets avec des vrais porte-jarretelles fixés tout autour, des porte-jarretelles solides, tenaces, et dévoués. Avec ça, vous êtes en sécurité ; c'est pas le genre de truc qui vous laisse tomber. Si vous voulez mon avis, ne faites plus jamais confiance à une jarretière circulaire. Et mon avis vaut bien celui de n'importe qui. Ne jamais faire confiance à une jarretière circulaire et ne jamais faire confiance à un homme qui travaille à Wall Street. Voilà ce que m'a appris la vie. Voilà ce que tout ce vécu m'a donné. Si on pouvait m'accorder une dernière chance, je porterais des corsets. Ou bien pas de bas du tout, et je me prendrais pour la fille de l'Éternel Été. Une

1. Citation de *Nicolas Nickleby*, de Charles Dickens, chapitre 34 : « *A demd, damp, moist, unpleasant body.* » (*N. N.*, coll. 10/18, ch. 34, p. 19, traduction de Pierre Lorrain.) (*N.d.T.*)

fois, ils ne m'ont pas laissée entrer au casino de Monte-Carlo parce que je ne portais pas de bas. Alors je suis rentrée chez moi, j'ai trouvé mes bas, et j'y suis retournée. Mais j'y ai laissé ma chemise. Journal de Voyage de Dottie : À la Découverte de Monaco le Pittoresque, signé l'Une d'entre Eux. Ce que j'aimerais être à Monaco, là tout de suite ! Ce que j'aimerais être à Carcassonne ! Merde, ça vaudrait un million de dollars si j'étais à Sainte-Hélène.

Pas de doute : je fais impression à cette fête. Ma personnalité les transperce. Je me glisse à l'intérieur de tous les cœurs, voilà ce que je suis en train de faire. Oh, connaissez-vous Dorothy Parker ? Comment est-elle ? Oh, elle est horrible. Mon Dieu, c'est un poison. S'assied dans son coin et boude toute la soirée sans pousser le moindre jappement. La femme la plus sotte que vous ayez jamais vue de votre vie. Vous savez, il paraît qu'elle n'écrit pas un mot de ses trucs. Il paraît qu'elle paye un pauvre type qui vit dans un de ces logements du Lower East Side dix dollars par semaine pour les écrire et ensuite, elle les signe. Il est obligé de le faire, le pauvre diable, il a une mère infirme et cinq frères et sœurs à charge ; dans la journée, il fabrique des boutonnières. Oh, elle est horrible.

Bande d'ignorants ! Ah, les sombres idiots ! Moi qui suis pleine de tendresse et d'affection, qui souffre de ne pouvoir jamais assez donner, donner, donner. Tout ce qu'ils voient, eux, c'est ce malheureux extérieur. Tiens, un type le regarde justement. Vas-y, chéri, regarde à t'en décoller la rétine. Très drôle, pas vrai ? J'ai l'air bien sotte, pas vrai, assise là agrippée à mon genou ? Oui. Et je suis bien la seule que mon genou intéresse, de surcroît. Qu'est-ce que t'en dis, petit cœur ?

Dieu, faites que personne ne s'approche de moi, ni n'essaye de faire ami-ami avec moi ! C'est bien la première fois de ma vie que je demande ça. Qu'est-ce que je fais si quelqu'un s'approche ? Si jamais ils essayent de me serrer la main ? Si jamais on m'invite à danser ? Je n'aurai qu'à dodeliner de la tête et dire : « No spik Inglese », c'est tout. Je ne peux pas le croire : c'est moi qui prie comme ça pour que personne ne s'approche de moi ? Quand je pense qu'en m'habillant, je me disais : « Et si c'était ce soir que je rencontrais le grand amour ? » Oh, si seulement j'avais l'usage de mes deux mains, je pourrais au moins me couvrir le visage et pleurer toutes les larmes de mon corps.

Cet homme, cet homme qui me regardait ! Il s'approche ! Oh, et maintenant ? Je ne peux pas lui sortir : « Monsieur, je crains devoir émettre des doutes quant au plaisir de faire votre connaissance. » Je suis nulle pour ces trucs-là. Et puis je n'arriverais jamais à faire semblant d'être française. Si encore je pouvais me lever et m'éloigner d'un air hautain. Je me demande comment il le prendrait si je lui disais tout. Il a un peu trop l'allure Brooks Brothers [1] pour être vraiment compréhensif. Plus ils ont fière allure, plus ils s'imaginent que vous cherchez à faire votre intéressante, si vous leur parlez Choses Sérieuses,

1. Brooks Brothers : grand magasin de vêtements très élégants pour hommes. (*N.d.T.*)

Choses Qui Ne Plaisantent Pas. Peut-être qu'il penserait que je suis juste une excentrique. Peut-être qu'il a une once d'humanité, quelque part en dessous. Peut-être qu'il a une sœur ou une mère ou quelque chose. Peut-être qu'il se révélera une grande âme de la Nature.

Comment allez-vous ? Écoutez, que feriez-vous si vous étiez moi, et que... ?

The New Yorker, 8 septembre 1928

La chape de compliments

Tout sourires et étincelles, sur ses petits pas de danse avortés, l'hôtesse de maison entraîna le jeune homme au profil brûlé à travers la salle, du côté où était assise la jeune fille qui s'était déjà entendu dire à deux reprises qu'elle ressemblait à Clara Bow.

« La voilà ! s'écria-t-elle. Voilà la fille que nous recherchions ! Mademoiselle French, laissez-moi vous présenter Mr. Bartlett.

– Ravi de vous être présenté en grande pompe, fit Mr. Bartlett.

– Désolée pour mon gant moite, fit Mlle French.

– Oh, vous deux ! fit l'hôtesse. Jc mourais d'envie que vous vous rencontriez. J'étais sûre que ça accrocherait entre vous. Ne vous avais-je pas prévenue, Alice – vous avez vu comme il a de la repartie ? Et vous, Jack, qu'est-ce que je vous avais dit – combien de fois vous ai-je répété qu'elle était impayable ? Et puis elle est toujours comme ça. Attendez seulement de la connaître aussi bien que moi ! Mon Dieu, j'aimerais tant pouvoir rester ici à vous écouter. »

Appelée par ses devoirs d'hospitalité, elle dut se

priver de ce plaisir. Elle leur adressa un grand sourire en agitant sa main telle une enfant qui dit au revoir, et s'éloigna en se tortillant comme un terrier écossais.

« Hé, où vous cachiez-vous pendant toute ma vie ? fit le jeune homme à la sacrée repartie.

– Ne faites pas l'airedale, fit la fille qui était toujours comme ça.

– Quelconque objection à ce que je m'assoie ? fit-il.

– Faites donc. Ça soulagera vos pieds de leur fardeau.

– Je vous fais cette petite faveur. Autant m'asseoir avant de m'écrouler sur vous, pas vrai ? Sacrée soirée, hein ? Qui l'aurait cru !

– Et comment !

– *Et comment*, comme vous dites. É-merveillant.

– E-xtraordinaire.

– É-poustouflant.

– É-dénique.

– Vous marchez au quart de tour, dites-moi ! fit-il. Qui l'aurait cru ! Sacré brin de fille, hein ?

– Ne faites pas l'airedale.

– Gentille fille, alors. Et joli minois de surcroît. Et puis d'ailleurs, vous les sortez d'où ces grands yeux bleus ? Parce que les grands yeux bleus, moi ça me fait fondre.

– Sans blague, vous m'en direz tant !

– Oh, écoutez. Lâchez un peu la bride, voulez-vous ? Ne me faites pas ça. Dites-moi d'où vous sortez ces grands yeux bleus.

– Oh, ne soyez pas ridic. Ils ne sont pas si grands que ça. Si ?

– S'ils sont grands ? Vous ne savez pas qu'ils sont grands, c'est ça ? Oh, non ! Personne ne vous l'a jamais dit ? Si vous saviez ce que vous me faites, à moi, quand vous levez les yeux comme ça ! Non, vous ne pouvez pas savoir !

– C'est à vous de savoir. Pas à moi.

– Oh, arrêtez avec ça, voulez-vous ? Allez, soyez gentille. Dites-moi d'où vous sortez ces grands yeux bleus.

– Où voulez-vous en venir au juste ?

– Et vos cheveux ne sont pas mal, aussi. J'imagine que vous ne savez pas que vous avez de jolis cheveux, non plus. C'est à moi de le savoir. Pas à vous, c'est ça ?

– Même si c'était vrai, je ne les aimerais pas.

– Allons bon. Ne me dites pas que vous ne savez pas que vous avez de jolis cheveux ?

– É-merveillant. E-xtraordinaire.

– Que vous vous entichiez de moi ?

– Oh, ne faites pas l'airedale.

– Moi, je pourrais m'enticher sérieusement de vous. C'est moi que ça regarde si ces grands yeux bleus là me plaisent. Vous le savez, ça ?

– Oh, c'est à vous de savoir. Pas à moi.

– Oh, écoutez. C'est quoi votre but – m'avoir à l'usure ? Vous ne vous arrêtez jamais de blaguer ? Quand allez-vous enfin me dire d'où vous sortez ces grands yeux bleus ?

– Oh, ressaisissez-vous.

– Si j'étais avec une fille comme vous, faudrait que je sois sans cesse sur mes gardes. Que je fasse attention où je mets les pieds, voilà ce qu'il faudrait que je fasse.

– Ne faites pas l'imb.

– Vous savez quoi ? Une fille comme vous, je pourrais l'avoir au cerveau.

– Au quoi ?

– Ah, allez, allez. Lâchez un peu la bride, voulez-vous ? Dites-moi, où vous cachiez-vous, d'abord ? Il y en a d'autres comme vous à la maison ?

– C'est tout ce qu'il y a. Y'en a pas d'autre.

– J'en suis ravi. Une comme vous c'est bien assez. C'est presque trop, des yeux pareils ! Vous le savez ?

– C'est à vous de savoir. Pas à moi.

– Et votre robe, là, elle me tue. D'où vous la sortez, cette robe de tigresse ? Hmm ?

– Ne faites pas l'airedale.

– Hé, d'où vous la sortez, cette expression, d'abord ?

– C'est un don.

– *Un don*, comme vous dites. C'est chou.

– Et vous n'avez encore rien entendu.

– Vous me tuez. C'est moi qui vous le dis. D'où vous sortez tous vos trucs ?

– Où voulez-vous en venir au juste ? »

L'hôtesse, encore plus étincelante que tout à l'heure, les rejoignit en fanfare.

« Pour l'amour du ciel ! s'écria-t-elle. Vous n'avez d'yeux que l'un pour l'autre ! Comment la trouvez-vous, Jack ? Elle est mignonne, hein ?

– Mignonne ? fit Jack.

– Alice, il est incroyable, non ? s'enquit l'hôtesse.

– Vous seriez bien surprise », fit Alice.

L'hôtesse dodelina de la tête, tel un adorable et

coquin petit chiot terrier, et les submergea de ses étincelles malicieuses.

« Oh, vous deux ! fit-elle. Ne vous avais-je pas dit que j'étais sûre que ça accrocherait entre vous ?

– Et comment ! fit la fille.

– *Et comment*, comme vous dites ! fit le jeune homme.

– Vous deux ! roucoula l'hôtesse. Je pourrais rester à vous écouter toute la nuit. »

The New Yorker, 18 août 1928

UNE JOURNÉE HORRIBLE, DEMAIN

La femme au manteau peau-de-léopard et l'homme au cache-nez bleu gentiane se tortillèrent dans l'obscurité, le long des allées bordées de tables du *speakeasy*[1].

« Assieds-toi n'importe où, fit-il. On ne reste qu'une minute. Voilà une table – ça va ici, non ?

– Oh, oui. C'est parfait. »

Ils s'assirent. Un petit gars trapu, en chemise, les manches retroussées, apparut à leur côté. Il leur sourit amicalement.

« Salut Gus, fit l'homme au cache-nez bleu gentiane. Nous ne restons qu'une minute. Apporte-nous donc deux *specials* – c'est ce que tu veux, chérie ? Bon alors, deux *specials*, Gus, et vite fait, tu veux ? Je ne dois pas rentrer trop tard. J'ai une journée horrible, demain. »

Gus disparut.

« Tu veux enlever ton manteau ? fit l'homme au cache-nez bleu gentiane.

1. Bar clandestin aux États-Unis pendant la prohibition. (*N.d.T.*)

– Oh, je ne crois pas, fit la femme au manteau peau-de-léopard. Ce n'est pas la peine.

– Non, ce n'est pas la peine, c'est vrai. Tout ce qu'il faut, c'est que je me couche tôt. Il faut que je sois au bureau à l'aube. Sans mentir. Tu parles d'une journée qui m'attend ! Bigre, quelle journée !

– Ah, fit-elle. Mon pauvre agneau.

– Ce type de Detroit sera là à neuf heures, et j'ai une réunion à dix heures et demie, et il faut que nous rédigions les contrats à midi, et ensuite il faut que je déjeune avec J.G. et que je lui remette le compte-rendu, et j'ai Dieu sait combien de rendez-vous tout l'après-midi. Oh, je n'ai pas grand-chose à faire demain. Pas grand-chose du tout !

– Ah, fit-elle.

– Il faut que je sois *downtown* à l'aube ; je ne peux pas débouler au bureau à onze heures, comme je fais depuis… Parfait, Gus, pose-les là. Bon, c'est parti ! Il est bien, le tien ?

– Oh, il est excellent. Ooh, mais il est fort !

– Ils sont assez puissants, c'est vrai. Ça te fera du bien. Ça ne peut faire de mal à personne, si on n'en prend qu'un ou deux, et qu'on se couche tôt. C'est de ne pas se coucher avant l'aube qui achève son homme. Je ne le ferai plus. À partir de ce soir, je ne prendrai pas plus d'un verre ou deux, et je serai au lit avant minuit. Comme ça, je n'irai pas au bureau à reculons quand poindra l'aube.

– Tu as bien raison, fit-elle.

– C'est la seule chose à faire. J'en ai assez de ce machin. Je bois sacrément trop ces derniers temps.

Tout le monde me dit que j'ai l'air mal foutu. J'ai l'air mal foutu, pas vrai ?

– Ma foi, je ne trouve pas du tout. Tu as l'air un peu fatigué parfois, comme tout le monde. Mais je te trouve en pleine forme. Je te trouve en excellente forme.

– C'est toi qui le dis ! Je suis mal foutu. Je le sais. Allez, finis le tien, qu'on en prenne un autre. Oh, Gus ! Deux *specials*, illico. Tu parles d'une journée, demain !

– Oh, je sais. Pauvre petit.

– Défais un peu ton manteau, non ? Tu auras froid en sortant, fit-il.

– D'accord. Tu ne devrais pas enlever ton cache-nez, toi ?

– C'est vrai, je ferais bien. Il fait chaud ici. L'air est vicié, dans ces endroits. C'est mauvais pour la santé. Moi, c'est terminé, les *speakeasies*. Il n'y a rien de pire. Merci, Gus. Voilà ce que j'appelle du service. Bon, c'est parti !

– Ooh, ils sont forts. Dieu seul sait ce que ça peut nous faire.

– Ça peut pas te faire de mal, si tu fais comme ça : tu en prends un ou deux et après tu rentres chez toi. C'est pas grave de boire toute la nuit si tu peux dormir le lendemain ; mais c'est une autre paire de manches quand tu dois être *downtown* à l'aube. Moi, c'est terminé : je ne passerai plus jamais mes soirées à me soûler. Sauf peut-être les samedis soir.

– Tu as bien raison, fit-elle.

– Tu sais ce que je pourrais faire ? Je pourrais carrément me mettre au régime sec. Ça ne me ferait pas de mal de m'y essayer quelque temps. Ça ne te ferait pas de mal, non plus.

– Je ne bois pas tant que ça, fit-elle.

– Oh, tu t'en tires pas si mal, bébé. Tout le monde boit trop. Y'a de quoi s'empoisonner. Je me demande comment on fait pour être toujours en vie avec tout ce qu'on boit. Je vais me mettre au régime sec. Allez, finis ton verre. T'en veux un autre ?

– Non merci, fit-elle.

– T'es sûre ?

– Non, vraiment.

– Je sais ce qu'on va faire. Étant donné que je vais me mettre au régime sec – et ça te ferait beaucoup de bien à toi aussi, chérie, honnêtement ça te ferait du bien –, on peut bien en reprendre un petit, ce soir. Qu'est-ce que t'en dis ?

– Ma foi, si tu veux. Pour tout dire, ceux-là ne m'ont absolument rien fait.

– À moi non plus. C'est du vol. Hé, Gus ! Deux autres *specials*, et mets quelque chose dedans cette fois, tu veux ? Et n'oublie pas qu'on est pressés. Mon Dieu, il faut que je sois au bureau à l'heure demain ! J'ai la pire journée de ma vie.

– Ah, fit-elle. Je sais.

– Tu as raison, enlève ton manteau. C'est l'enfer ici tellement il fait chaud. Attends que j'enlève le mien, je vais t'aider. Voilà. Ça va, ma douce ?

– Oh, très bien. C'est drôle que ces verres ne m'aient absolument rien fait, non ?

– C'est parce qu'on boit tous beaucoup trop. C'est ça qui est beau quand on se met au régime sec. Quand t'as arrêté et que tu bois un ou deux verres, ça te fout un de ces coups de fouet que t'en as pas besoin d'autres. Mais quand tu picoles, tu vois ce que je veux dire, faut se remettre à niveau avant de sentir quoi que ce soit. Tu vois ? Oh, merci, Gus. C'est parfait. Bon, c'est parti.

– Il est bien celui-là, fit-elle.

– Sûr. Il y a quelque chose dedans cette fois, ça change. Ils vous escroqueraient du mieux qu'ils peuvent dans ce genre d'endroit, si vous ne les surveilliez pas. J'en ai marre de ces gens. Je suis bien content de me mettre au régime sec. C'est la meilleure idée que j'aie eue depuis longtemps. Hé, arrête de le bercer comme ça, chérie. Bois-le vite. Tu vois, comme ça.

– Comme ça ? fit-elle.

– C'est mieux. Maintenant, peut-être que tu t'en souviendras. T'iras nulle part, si tu le sirotes, ton verre. Allez, allez, encore une gorgée. C'est bien, ma grande. Oh, Gus ! Deux autres, tant que tu y es.

– Tu es fou ! On n'a pas encore fini ceux-là.

– On les aura descendus, le temps qu'il apporte les autres. Ça nous évitera de poireauter à cette table. Tu vois ? Il faut qu'on fasse vite. Je t'assure, il faut que je sois au bureau à l'aube, demain. Tu parles d'une journée !

– Oui, fit-elle. Je sais.

– Et moi donc ! Dépêche-toi, chérie. Finis ton verre. T'as fini ? Oh, allez, finis-le. Arrête de traînasser. Voilà, comme ça. Tiens, voilà Gus ; beau travail, Gus. Gus est mon ami, pas vrai Gus ? Bien sûr que tu es mon ami. Gus et moi, on est de vieux amis. Bon, c'est parti, chérie. Prends-en un petit dernier. Ça te fera dormir.

– Je dors plutôt bien en géneral, fit-elle.

– Inutile de discuter ; moi il me faut plus de sommeil. Je suis mal foutu. Ma mère se fait un sang d'encre à cause de moi. À chaque fois qu'elle m'écrit, elle dit : “Prends soin de toi.” Ouais. Je prends joliment soin de moi. Elle peut se faire du souci. Je suis un type bien, moi. Tu sais quoi ? Je n'ai pas écrit à ma mère depuis trois semaines. C'est gentil, hein ?

– Il faut absolument que tu lui écrives, fit-elle.

– Et je le trouve où, le foutu temps pour lui écrire ? Je n'ai pas le temps d'écrire des lettres, moi. Mon Dieu, faut que j'écrive à ma mère. Je lui écris demain. Oh, Judas, demain, je peux pas. J'ai une journée horrible, demain. Horrible !

– Ah oui ?

– J'ai tellement de choses à faire, je n'aurai même pas le temps d'écrire à ma pauvre et tendre mère. Si c'est pas avoir une journée horrible, ça. Pas étonnant que ma pauvre et tendre mère se fasse du souci. Elle se fait un sang d'encre à cause de moi. Tu ne m'aimes pas, toi.

– Mais si !

– Mais oui…

– Mais parfaitement ! Qu'est-ce qui te prend de dire un truc pareil ?

– Je sais. Je sais.

– T'en sais des choses, hein ? Ça doit être génial de savoir autant de choses que toi. Tu me rends malade.

– Je sais. Je sais que je te rends malade.

– Tu ne sais rien !

– Oh, je sais.

– Ce que tu sais, c'est que tu sais très bien que je t'aime. Toi, tu ne m'aimes pas, c'est ça le problème.

– C'est ça, je ne t'aime pas !

– Tu t'imagines que ça ne se voit pas. Ben si, ça se voit. Je sais très bien que tu ne m'aimes pas. Tu ne penses même jamais à moi. Tu ne penses qu'à toi. Tu penses à rien d'autre qu'à ton vieux bureau. "Oh, il faut que j'aille au bureau, oh, il faut que j'aille au bureau. Oh, il faut que j'y sois à l'aube, à mon cher, mon tendre, mon adorable, mon amour de bureau." C'est tout ce que t'as à la bouche.

– Ben c'est vrai. Je t'ai dit qu'il fallait que j'y sois de bonne heure demain matin. J'ai une journée atroce.

– Oh, tais-toi !

– Merci. Merci beaucoup. C'est vraiment gentil de ta part. Je te suis très reconnaissant. Gus ! Qu'est-ce que tu fous ? Qu'est-ce qui se passe, on me sert pas à boire ici ? Je suis un nègre, ou quoi ? Amène deux *specials*, et essaye de te dépêcher un peu, tu veux ? Pour l'amour du Bon Dieu !

– Je croyais que tu n'allais plus boire ?

– Qu'est-ce que ça peut te faire, à toi ? Qu'est-ce que ça peut te faire, si je bois ou non ? Je peux me cuiter à mort, pour ce que t'en as à faire. Tu t'en fous de moi.

– Ne dis pas ça. Je ne m'en fous pas, et tu le sais. Pas vrai ? Pas vrai que tu le sais ?

– Honnêtement, tu tiens un tout petit peu à moi ?

– Ah, chéri.

– Peut-être que oui. Peut-être que tu tiens un tout petit peu à moi. Si tu tenais vraiment à moi, tu finirais ton verre, comme ça on pourrait en prendre un petit dernier. Voilà, comme ça ! Tu n'as pas honte de m'avoir parlé sur ce ton ? Petite vilaine, va. Tu sais que tu m'es rentrée dedans comme un vrai bulldog ? Tu le sais, ça ? Bulldog, bulldog, *bow, wow, wow, Eli Yale ; un bulldog, un bulldog, bow, wow, wow, on est les plus forts ; quand les fils d'Eli* – Tiens, voilà Gus ! Tiens, tiens, tiens, si c'est pas mon vieil ami, Gus. Et regarde ce qu'il nous apporte. Regarde ce que Gus nous apporte, chérie. Bon, c'est parti. Pour un petit dernier, c'est un bon petit dernier. Petit dernier, petit dernier, *bow, wow, wow, Eli*…

– J'adore quand tu chantes. C'est si… Ooh, il est bon celui-là ! C'est le meilleur qu'on ait bu.

– Bois-le ! Vraiment, chérie, il faut que t'arrêtes avec cette habitude de siroter tes verres. C'est pour ça que tu te couches aussi tard. Si t'apprenais à boire vite, tu serais chez toi avant l'aube. *L'aubalaube, bow, wow, wow, Eli Yale* ; *c'est l'aubalaube, l'aubalaube, bow, wow, wow, on est les plus* – Non, mais sérieusement, ma douce, je veux te parler sérieusement. Tu sais, sérieusement, tu devrais – qu'est-ce que je voulais dire ? T'imagines ? J'avais quelque chose de très important à te dire, et ça m'est sorti de la tête. Par quoi est-ce que j'ai commencé, d'abord ?

– Quand ?

– Et non ! Envolé ! Oh, et puis ça ne devait pas être si important que ça. Tant pis, va. Comment tu t'en sors avec ton verre ? Tu sais ce qu'on va faire quand tu l'auras fini ? On va en prendre un petit dernier. Chérie, tu te dépêches, oui ? Honnêtement, on n'a pas toute la nuit. Faut que je dorme un peu.

J'ai une journée horrible, demain. *Horrible, horrible biw, wiw, wiw, Eli Yale ; c'est une horrible, horrible biw*, – Ho, Gus ! Hé, Gus ! Écoute, Gus, t'es mon ami, pas vrai ? Alors qu'est-ce que tu dirais de nous apporter deux autres *specials* ? Tu veux, Gus ? Rien que pour moi et la copine – tu la connais la copine, pas vrai ? Bien sûr qu'il la connaît. Bon alors, Gus, deux autres *specials*. »

Et ainsi de suite.

The New Yorker, 11 février 1928

Récit de voyage

La femme à la robe noire pailletée s'éloigna du reste des invités pour aller s'asseoir sur le sofa. Elle invita le jeune homme au regard doux et au coup de soleil à la rejoindre.

« Venez tout de suite vous asseoir ici, fit-elle. Et racontez-moi tout. Quelle idée ! Disparaître pendant presque deux ans et pas même une carte postale ! Vous n'avez pas honte ? *Allez, dites-le à Maman. Il va lui dire à sa maman qu'il a honte, j'espère ?*

– Vous savez, les lettres, c'est pas mon truc. Je suis désolé. Je suis un cas désespéré, je crois. Je me dis toujours que je vais écrire aux gens, et en fin de compte je ne le fais jamais. Ce n'est pas que je ne pense pas à eux. C'est juste que je suis nul pour les lettres.

– Vous étiez où, d'abord ? Presque deux ans ! Il se cachait où le vilain garçon ?

– Ben, j'étais en Arabie, surtout.

– Vous êtes fou. Complètement fou. Quelle mouche a bien pu vous piquer pour que vous alliez dans un endroit pareil ?

– Je ne sais pas. Comme ça, pour voir à quoi ça ressemble.

– Oh, mais moi je sais. Ne m'en parlez pas. Je suis exactement comme vous. J'adore voyager. Freddy me dit toujours : laisse-moi un ou deux coffres à la banque, une lettre de crédit, et tu peux partir. Ben, demandez à Freddy. C'est vraiment très drôle, parce que je lui disais justement pas plus tard qu'hier soir au dîner – on n'était que tous les deux, les Allen devaient venir, mais leur bébé était malade, pauvre petit, il est si fragile, à vous faire mourir de peur, oh, mon Dieu, il faut absolument que je téléphone à Kate Allen pour savoir s'il va mieux, j'ai dit à Freddy de m'y faire penser –, toujours est-il que j'ai dit à Freddy : "Un beau jour, tu ne me reverras plus", je lui ai dit. "J'emporte une brosse à dents et une paire de collants de rechange, et la prochaine fois que tu auras de mes nouvelles, je lui ai dit, je serai en Égypte ou en Inde ou je ne sais où." Oh, je suis née pour l'aventure !

– Vraiment ?

– L'Arabie ! Ça par exemple ! Racontez-moi. Ça vous a plu, alors ?

– Ma foi, je m'y suis plu.

– Ça alors. Tout là-bas ! Remarquez, l'Arabie, ça m'a toujours intriguée. Racontez-moi encore. C'est couvert de sable et tout, pas vrai ?

– Euh, oui. Mais, vous savez…

– Du sable ? Ah, pitié, ne me parlez pas de sable ! Après avoir passé l'été à Dune Harbor, j'ai eu assez de sable, merci. Je pourrais écrire un livre sur le sable. On en a plein les chaussures, quoi qu'on fasse, et les enfants qui en mettent partout dans la maison. À croire que j'en devenais folle. Ce fut le cas d'ailleurs. J'ai vraiment cru que j'allais devenir folle. Vous êtes déjà allé à Dune Harbor ?

– Non, jamais.

– Ben n'y allez pas. Rien que du sable, du sable, du sable. On a tout le sable qu'on veut là-bas, inutile d'aller jusqu'en Arabie…

– Euh, vous savez, en Arabie…

– Et Freddy sur cette plage ! Vous auriez été mort de rire ! Le premier jour, il ne voulait plus quitter la plage, alors évidemment, ses épaules ont dégusté ! J'ai tout de suite pensé à vous. J'ai dit à Freddy : "S'il voyait tes épaules, c'est bien simple, il serait mort de rire."

– C'était sûrement très drôle. En fait, ce que je voulais dire, c'est qu'en Arabie…

– Justement. C'est justement ce que je vous demande. Racontez-moi votre voyage. Je veux tout savoir. C'était comment ? Ils sont comment les gens ? Ils sont tous arabes, et tout ?

– Ben, oui, il y a beaucoup de…

– Ça par exemple ! Des Arabes ! Comme dans les livres, hein ? Oh, ça doit être exactement comme je l'imagine. Parlez-moi de tous ces Arabes. Ils ressemblent à quoi en fait ?

– Ma foi, ils sont comme tout le monde. Certains sont très gentils, et d'autres un peu moins. La majorité d'entre eux est plutôt…

– Vous savez, j'ai toujours pensé que je m'entendrais bien avec des gens comme ça. Les Arabes, et tout. Les gens m'intéressent tellement, j'ai l'impression qu'ils s'en rendent compte parce qu'ils me laissent voir leur moi intérieur. Oh, je sympathise toujours avec les gens les plus surprenants ! Demandez seulement à Freddy. "En tout cas, m'a-t-il dit, personne ne pourra jamais dire que tu es snob." Et vous savez, je l'ai pris comme un compliment. Des Arabes ! Oh, ça me plairait ça. Allez, continuez, racontez-moi. Vous étiez à l'hôtel ?

– En fait, la plupart du temps, je vivais chez l'habitant, en immersion. Vous voyez, je voulais…

– Ça par exemple ! En immersion totale ? Mais ce devait être terriblement inconfortable et tout, non ?

– J'ai été sacrément bien reçu. Et puis, une fois qu'on s'y habitue, on…

– Oh, je pourrais le faire aussi. Je pourrais le faire à la minute même. Peu importe les inconvénients, tant que ça fait partie du voyage et que je découvre toutes sortes de nouvelles choses. Quand on est allés à Milan, il y a de ça trois ans, on est descendus dans ce petit hôtel – il y avait un monde fou là-bas, et rien que des Américains, ils étaient partout. Je disais à Freddy : "Y'en a pas un qui aurait l'intelligence de rester chez lui." Toujours est-il qu'on est descendus dans ce petit hôtel, et vous savez ce qu'on a attrapé ? Bon, je vous le dis parce que vous êtes un vieil ami, mais si jamais vous… ! On a attrapé des puces ! Absolument. Des puces. Ça rendait Freddy dingue, vous savez comment il est, mais je lui disais : "Faut s'attendre à ce genre de choses quand on voyage." Oh, moi je suis comme ça. Rien ne me déconcerte. Mais, dites-moi, ces Arabes. Ils ont plein de femmes, c'est bien ça ?

– Ma foi, beaucoup d'entre eux ont plus d'une épouse. Vous savez, pour eux, c'est une question de…

– Ils sont incroyables, non ? Ça par exemple, plus d'une épouse ! C'est le côté oriental, pas vrai ? Ils sont incroyables. Et ils se disent terriblement religieux, pas vrai ?

– Il semble que leur religion compte beaucoup pour eux. Aussi démuni soit-il, et où qu'il aille, un Arabe ne se séparera jamais de son petit tapis, pour pouvoir…

– Oui, je sais. Les tapis de prière. C'est comme ça qu'ils les appellent. Avant de me marier, ça je ne l'oublierai jamais, on avait un magnifique tapis de prière dans le salon, juste en face du piano. Nous les filles, on faisait toujours la même blague à propos du tapis. On taquinait toujours Papa pour savoir à laquelle d'entre nous il le donnerait – oh, il ne jurait que par ce tapis de prière ! En fin de compte Papa s'est remarié, alors il a gardé le tapis. Oh, il nous aura fait bien rire ce tapis de prière !

– Ah oui ?

– Oh, oui. Mon Dieu, ce tapis de prière ! Oh, c'était un truc magnifique, n'importe quel connaisseur vous l'aurait dit. Bleu et jaune et je ne sais quelles autres couleurs. Tout, jusqu'au moindre détail du motif, avait un sens. Oh, ils sont terriblement malins pour ça, ces Arabes. Ils font des choses vraiment jolies. J'imagine que vous avez dû en voir beaucoup.

– Oui, en effet.

– Leur artisanat me fait craquer. J'adorerais les voir travailler. Je me suis souvent dit : Ce que j'aimerais, moi, c'est… Oh, voilà Freddy, près de la porte. Il veut rentrer à la maison. Quel vieil encroûté celui-là, pas vrai ? Toujours à vouloir rentrer à onze heures et demie. Je lui ai déjà dit : "T'es une vraie pendule. À chaque fois qu'on sort, je sais exactement quand il est onze heures et demie." En vérité ! Je passe ma vie à le taquiner. Mais il se moque de ce que je lui dis. Ça le fait rire, c'est tout. Remarquez, je suis morte de fatigue moi aussi. J'ai passé la journée à faire du shopping – ça me tue, vraiment. Je m'y mets toujours à la dernière minute, tellement je déteste ça. Écoutez, il faut que vous passiez nous voir. Votre comportement nous a blessés. Vous passerez bientôt nous voir ? S'il vous plaît ? S'il vous plaît ?

– Merci beaucoup, fit-il.

– Et puis, c'était tellement merveilleux de vous écouter parler de l'Arabie. Mon Dieu, moi qui vis ici, à côté de vous, j'ai l'impression d'être affreusement encroûtée. Mais je vais le faire un jour. Je vous préviens. Un de ces jours, vous vous réveillerez et moi, je serai partie à l'autre bout du monde. Je suis comme ça – tôt ou tard, il faudra que je le fasse. Regardez Freddy comme il fronce les sourcils ! Il doit s'imaginer qu'on est en train d'élaborer un plan pour nous enfuir tous les deux, à nous voir rester assis si longtemps. Oh, il sait comme vous êtes, vous autres voyageurs ! Mais vous allez venir nous voir bientôt, pas vrai ? J'ai encore des tonnes de choses à vous demander. Et ne pensez pas que vous en ayez fini avec l'Arabie, d'aucune façon. Venez vite ! *Maman vous a à l'œil ! Petit vi-lain, petit ma-licieux, mé-chant petit garnement, plus jamais ça.* Compris ?

– Merci beaucoup, fit-il.
– Bonne nuit, mon petit. Faites de beaux rêves.
– Bonsoir. »
Elle partit rejoindre Freddy.

The New Yorker, 30 octobre 1926

Retour à la maison

Confinée à l'extrême droite du taxi, la fille dévisageait le jeune homme adossé contre la paroi de gauche. Son beau regard dramatique ne semblait pas faire son effet. Les éclairs rythmés de lumière provenant des illuminations de la rue ne laissaient voir que le profil du jeune homme tourné vers elle ; un large et beau profil, dont les lèvres s'agitaient librement. De la musique, dans sa forme la plus élémentaire, s'en échappait. Suivirent les paroles, fredonnées au rythme de la mélodie guillerette et simple ; et le tout remplit les espaces sombres du taxi.

« Lord Jeffrey Amherst soldat du roi était.
Il a conquis les terres en bravant les mers,
Aux Français et aux Indiens il n'a rien fait
Au pays de la dernière frontière
Au pays de la dernière… »

La fille parla enfin. Sa voix était faible, mais interrompit tout de même la chanson, en l'arrêtant exactement là.

« Si je dois encore entendre ça, fit-elle, si je dois

ne serait-ce qu'une seule fois encore entendre cette chanson, je vais devenir folle.

– Qu'est-ce que tu lui reproches, à cette chanson ? fit le jeune homme. C'est une bonne chanson. C'est la meilleure chanson du monde, voilà ce que c'est. Tu n'y connais rien, ça se voit. Qu'est-ce que tu lui reproches, à cette chanson ? T'as un problème ? Quoi ?

– Mon problème ? fit-elle. Oh, je n'ai aucun problème, je t'assure. Ça, je te garantis. C'est pas *moi* le problème.

– Alors qu'est-ce que t'as ?

– Mais rien du tout. Quelle drôle d'idée ! C'était splendide, non ? Tu t'es bien amusé, pas vrai ?

– Quand ça ?

– Oh, “quand” ! “Quand” ! Mais ce soir, tiens. Quand est-ce que tu croyais ? Écoute. Ça m'ennuie de te demander de faire un petit effort, mais ce serait gentil de te rappeler que tu m'as emmenée à une soirée ce soir. Tu t'en souviens ?

– Bien sûr que je m'en souviens. C'est quoi le problème ?

– Tu ne peux pas savoir comme ça me fait plaisir, fit-elle. Tu te souviens donc bien que c'est moi que tu as emmenée. Que c'est moi que tu as emmenée avec toi. Il semblerait, apparemment, que ce petit détail t'ait plus ou moins échappé, toute la soirée.

– Quel petit détail ? C'est quoi le problème, et avec quoi ?

– Suis-je bête. Si monsieur s'est bien amusé, nul ne peut y trouver à redire, bien sûr. Tant que monsieur s'amuse, tout va bien. Naturellement.

– Tu ne t'es pas amusée ?

– Oh, si. C'était parfait. Idéal. À ma place, quelle fille aurait donc pu ne pas s'amuser ? C'est bien évidemment l'idée que je me fais d'une soirée épatante : plantée toute seule dans mon coin, pendant qu'un tas de grandes gueules complètement soûles chantent bras dessus, bras dessous, quatre heures d'affilée. Ma parole, j'ai passé le meilleur moment de ma vie. Logique.

– C'est qui, le tas de grandes gueules soûles ?

– Oh, un certain nombre de personnes que je peux nommer. Si ça me chante.

– Personne t'a forcée à aller t'asseoir dans un coin. Pourquoi tu n'es pas venue chanter ?

– Eh bien, puisque tu as tellement envie de savoir, c'est parce que personne ne m'y a invitée.

– Mon Dieu, il faut qu'on t'invite pour que tu viennes chanter avec toute une bande de gens ?

– Parfaitement. Tu y vois un inconvénient ?

– Personne n'a *invité* personne. Et puis d'abord, qu'est-ce que t'as, Marjorie ?

– Oh, personne n'a invité personne ? Vraiment ? Pourtant tu as imité avec un réalisme stupéfiant l'acte de supplier cette petite Cronin de venir se joindre à la chanson. Si tant est que tu puisses appeler ce qu'elle fait "chanter" ; remarque, avec des si...

– Sa voix n'est pas des moins bonnes. Et puis, elle connaît toutes les paroles.

– Ça, pour les connaître, elle les connaît. Et toi, bien sûr, tu étais obligé de te coller à elle pour les apprécier, parce que ça aurait été terrible si tu avais raté une seule syllabe de *Lord Jeffrey Amherst* ou de

Les caissons font rouli-roulons. Et il fallait naturellement que tu la serres tout contre toi pour mieux entendre. Bien sûr.

– Oh, alors c'est ça, le problème ? Oh, Dieu.

– Tu sais, peu m'importe que tu serres quelqu'un dans tes bras. Qui te serre dans ses bras. Je t'assure. Si une pauvre fille sans aucun intérêt comme cette petite Cronin te plaît plus qu'une fille un tant soit peu profonde et sensible, qui, elle, a déjà eu l'occasion de lire un livre, ma foi, chacun ses goûts. Un point c'est tout.

– Oh, Dieu. Oh, Dieu.

– S'il y a une chose qui me blesse, c'est bien qu'on se contrefiche de moi. Je me doute que ça doit vous paraître étrange à toi et à la petite Cronin, mais figurez-vous que ça me tue qu'on se contrefiche de moi. Figurez-vous que je suis comme ça, un point c'est tout. Et là, personne ne m'a adressé la parole de la soirée, je suis restée dans mon coin tout le temps. Charmant, vraiment. Les gens sont charmants parfois. Ma parole, quand j'ai voulu à boire, j'ai été obligée d'aller jusque dans l'autre pièce et de me servir moi-même.

– Tu as fait le trajet un assez bon nombre de fois, me semble-t-il.

– Il fallait bien que je m'occupe, non ? Assise toute seule comme ça dans mon coin. Pendant que monsieur chantait. Tu n'as pas fait une seule fois attention à moi, sauf bien sûr lorsque tu as renversé ton verre sur ma robe. Mais ce n'est pas grave. Bon, bien sûr, ça faisait une éternité que je ne m'étais pas acheté de nouvelle robe, et ce n'est même pas la peine que je la porte chez le teinturier, parce que le genre d'alcool qu'on boit chez ces gens est indélébile. Tant pis, je la porterai telle quelle. “Mlle Marjorie Reeves était en satin blanc orné de mauvais gin.” Oui. Mais ce n'est pas grave du tout.

– Ah, je suis désolé, Marjie. Je suis impardonnable d'avoir abîmé ta robe.

– Oh, n'y pense plus, je t'en prie. Ce n'est pas ça qui m'ennuie. Ce qui me fait de la peine, c'est que tu m'emmènes à une soirée, et qu'une fois là-bas, tu te fiches complètement de moi. Et c'est comme ça tous les soirs… Marjorie reste dans son coin, pendant que monsieur chante. Eh bien, dorénavant, je m'épargnerai pareille humiliation, Dieu merci. Je m'excuse, mais c'est la dernière fois que je sors avec toi, mon cher !

– La dernière fois que tu as dit ça, c'était mardi.

– Oui, et j'avais tous les droits de le dire, mardi ! C'était exactement pareil, mardi soir. Marjorie assise toute seule dans son coin, pendant que monsieur chante *Lord Jeffrey Amherst*, bras dessus, bras dessous avec je ne sais qui.

– Et c'était pareil dans le taxi en rentrant à la maison, mardi soir. Mon Dieu, ne peut-on jamais passer une soirée normale, comme n'importe qui ? Quand on a une soirée de prévue, j'y pense toute la journée ; une fois là-bas, je trouve qu'on s'amuse bien, en plus tu sais fichtrement bien que je préfère sortir avec toi qu'avec n'importe qui d'autre au monde, mais après il y a toujours quelque chose que j'ai fait ou quelque chose que je n'ai pas fait, et c'est toujours pareil quand on rentre. Bonté divine !

– Eh bien, à l'avenir, tout cela te sera épargné, mon cher. Tu n'es pas obligé de me revoir. Jamais. C'est ça que tu veux, pas vrai ? Je vais sortir de ton chemin… tu n'as pas de souci à te faire à ce sujet. Bon, bien sûr, j'en connais qui repenseraient, eux, à tout le temps que j'ai pu leur consacrer sans que jamais je n'aie daigné regarder quelqu'un d'autre ; mais n'y pense pas, toi. Tu n'as plus aucun souci à te faire. Va donc t'amuser avec ta petite Cronin, tous les soirs. Va chanter avec elle, et plus si affinités. Si c'est ça que tu veux.

– Oh, ferme-la.

– Écoute-moi, gros salaud ! Je te prie de te rappeler à qui tu parles. Qui te parle. Tu n'es pas avec la petite Cronin, là, tu sais. Figure-toi que tu es avec quelqu'un qui se trouve avoir un minimum de sensibilité, Dieu soit loué, et un minimum d'éducation et un minimum de profondeur, au lieu du pauvre petit rat sans aucun intérêt avec qui tu préférerais tant être en train de chanter plutôt que…

– Oh, folle ! »

La fille jeta son bras en arrière et lui asséna un coup en travers de la bouche avec le dos de sa main. Comme par réflexe, il leva sa main droite et de sa paume lui gifla la figure, fort.

Un silence s'ensuivit. Au bout d'un certain temps, il y eut un petit bruit de frottement, comme le jeune homme s'écartait de la paroi gauche du taxi pour se rapprocher de la fille. Lentement et timidement, il l'entoura de ses bras. Elle pouvait les sentir trembler. Si elle avait été en train de le regarder, les éclairs de lumière lui auraient permis de voir l'expression soucieuse de son large et beau visage.

« Ah, je suis vraiment désolé, Marjie, fit-il. Je suis vraiment désolé. Ma parole, je… je n'ai jamais fait une chose pareille.

– Moi non plus », fit-elle. Sa voix était cassée. « Je… Ce n'était pas gentil de ma part. Je ne te referai jamais ça.

– Moi non plus. Je… Je peux changer, Marjie. Honnêtement, je peux. Si… enfin, si tant est que tu veuilles bien me revoir un jour, peut-être que je pourrais te montrer.

– Moi aussi je peux changer. J'imagine. »

Au bout d'une minute, elle releva la tête de son épaule.

« Mais tu vois, poursuivit-elle, c'était vraiment atroce pour moi ce soir. Et mardi soir. Et tous les soirs. Tout ce qui t'intéresse, toi, c'est de chanter. Mais… enfin, tu vois, moi aussi je voulais chanter. Et tu ne me l'as jamais proposé.

– Mais, bébé, je n'y ai pas pensé, fit-il. Je pensais que tu savais que tout ce que je fais, je veux le faire avec toi. Et je ne savais pas que tu aimais chanter.

– J'adore.

– Moi aussi j'adore.

– Moi aussi je connais toutes les paroles.

– Mais bien sûr que tu les connais.

– Tu vois, ça ne me dérange pas que tu chantes. Ni même qui chante avec toi. Avec qui tu chantes. C'est juste le sentiment d'être laissée à l'écart. Tout le monde déteste ça. Toi aussi, tu détesterais ça.

J'imagine que c'est ça qui me met dans cet état sur le chemin du retour, à chaque fois.

– Mais je ne savais pas que tu aimais chanter.

– Eh bien, tu le sais désormais. Et peut-être qu'un jour, on pourra essayer d'autres chansons. J'ai fait le compte ce soir, à défaut d'avoir autre chose à faire, et il y a eu treize fois *Lord Jeffrey Amherst*, et huit fois *Les caissons font rouli-roulons*.

– Ce devait être amusant pour toi !

– Et elle ne connaissait pas les paroles de *Les caissons font rouli-roulons*. Elle s'embrouillait complètement.

– Vraiment ? Mais c'est terrible. Mais c'est atroce. Mais quelle sotte petite pie ! Sur une aussi bonne chanson, en plus. C'est l'une des meilleures chansons du monde, voilà ce que c'est :

« Da da da, da da da.
Da da dum de da da da,
Les caissons font rouli-roulons… »

– Non, écoute, fit-elle. Je connais toutes les paroles. Écoute :

« Sous les volutes de poussière,
Tout le long d'la route en terre,
Les caissons font rouli-roulons,
Et quand ils passent par ici
C'est la cacophonie de cliquetis
Les caissons font rouli-roulons. »

– Oh, oui, bien sûr, fit-il. C'est comme ça. Ah, Marjie, t'as une belle voix, dis-moi. » Et il ajouta sa musique à la sienne :

« Oyez, oyez, la belle ar-till-e-rie,
Haussez les voix, haussez les cris
Où que vous soyez, jamais vous n'oublierez
Qu'les caissons font rouli-roulons
Roulez, roulez…
Les caissons font rouli-roulons. »

Une certaine harmonie se fit dans le taxi.

The New Yorker, 16 septembre 1933

Oh ! il est charmant !

« Monsieur Pawling, fit l'hôtesse de maison, je vous présente une fervente admiratrice de vos livres. Mademoiselle Waldron, M. Pawling. Oh, Mlle Waldron est une de vos ferventes admiratrices. »

Elle rit de bon cœur et très fort, avant de s'éloigner en se mêlant à la foule. Elle se dirigea vers la table, presque vide, où était servi le thé. Sur ses lèvres, son sourire était comme un rayon de soleil, mais dans ses yeux perçait le regard de celle qui vit en cage, le regard de l'âme torturée qui se demande où est donc passée cette foutue fournée de toasts.

« Vous voulez vous asseoir ? fit l'auteur. Tenez, voilà deux chaises. Autant s'en emparer.

– Ooh, oui ! fit la fervente admiratrice. Asseyons-nous ! »

Et ils s'assirent.

« Mon Dieu, je suis fatigué, fit l'auteur. Je suis mort. Quelle épouvantable soirée. Quels gens épouvantables. Ils sont tous épouvantables. Un tas de poux.

– Oh, vous devez en avoir marre de ces soirées !

fit la fervente admiratrice. Vous devez vous ennuyer à mourir. Les gens vous envoient des invitations sans arrêt, j'imagine.

– Je ne réponds jamais. Je ne décroche même plus le téléphone. Mais ils vous tombent dessus, quand même. La preuve, je me suis fait piéger.

– Oh, ce doit être tout simplement atroce, fit-elle. C'est ce que je me disais, en vous regardant, tout à l'heure. Tous ces gens qui s'agglutinent autour de vous toutes les deux minutes.

– Qu'est-ce qu'on peut y faire ?

– Non, mais vraiment, vous ne pouvez pas leur en vouloir, vous savez. C'est normal, tout le monde veut vous rencontrer. Mon Dieu, j'en mourais d'envie, moi-même, depuis le jour où j'ai lu *Femmes à l'agonie*. C'est bien simple, j'adore chaque mot de ce livre. Je l'ai lu et relu. Mais mon Dieu, tant de gens doivent vous dire combien ils aiment vos livres, si je m'y mets aussi, ça va vous ennuyer à mourir.

– Pas du tout. Ça ne me dérange pas.

– Oh, c'est vrai, fit-elle. Je les adore. Je me suis souvent dit : "Ce que j'aimerais, c'est prendre le temps d'écrire une petite lettre à Freeman Pawling." Mais je n'ai jamais osé. J'étais tout simplement morte de peur. Ça vous ennuie si je vous dis quelque chose de terriblement indiscret ? Je n'aurais jamais cru que vous étiez aussi jeune !

– Ah oui ?

– Ma foi, je pensais que vous auriez les cheveux gris, au moins, fit-elle. Je pensais qu'il fallait être vieux pour savoir autant de choses que vous.

– Ah oui ?

– Mon Dieu, comme vous en savez des choses ! Ma parole, je pensais que j'étais la seule à savoir tout ça. Ça vous ennuie si je vous pose une question terriblement indiscrète ? Comment faites-vous pour connaître aussi bien les femmes ?

– Oh, mon Dieu, fit-il, j'en ai connu des millions. Partout dans le monde.

– Ne m'en parlez pas. Je parie que c'est vrai. Je parie que vous avez laissé des cœurs brisés partout où vous êtes allé. Pas vrai ?

– Eh bien, fit-il.

– Ce doit être tout simplement atroce pour les femmes que vous connaissez. La façon que vous avez de tout percer à jour, de *les* percer à jour. Je ferais mieux de faire attention à ce que je dis. Je n'aurai pas le temps de me retourner que vous m'aurez déjà mise dans un livre. Dites, je vais vous demander quelque chose de terriblement indiscret. Ça vous ennuie ? Dites, est-ce que Cicely Celtic, dans *Nombre de chevaliers pour une seule dame*, a existé en vrai ?

– Oui et non. En partie oui, et en partie non.

– C'est bien ce que je pensais, fit-elle.

– Elle était assez rigolote cette petite, fit-il, la vraie Cicely. Une fille qui s'appelait Nancy James, très bonne famille. Une dame. Un vrai petit diable, cela dit, possessive comme tout. Elle est morte maintenant. Elle s'est tiré une balle.

– Oooh. Comme dans le livre ?

– Oui. Je me suis dit que c'était aussi bien de m'en servir. Après ce qu'elle m'a fait subir. Dieu, quelle jalouse petite guenon.

– Et vous écrivez quelque chose en ce moment ?

– Oh, ça vient doucement, fit-il. Doucement. Ça ne sert à rien de se précipiter.

– Je suis allée à la bibliothèque hier, fit-elle. C'est drôle, je leur demandais justement si vous n'aviez rien sorti de nouveau, et ils ont dit non. Ils ont dit que non, que vous n'aviez rien sorti de nouveau. Je leur demande toujours ce qui est bien, et ils me mettent des livres de côté. J'en ai plein. J'en ai un de Sherwood Anderson. *L'Obscur* quelque chose, ou je ne sais plus.

– Ne le lisez pas, fit-il. C'est nul. Le pauvre Anderson est fini.

– Oh, je suis bien contente que vous m'ayez prévenue. Ça m'évitera de perdre mon temps. Et puis, j'ai ce truc de Dreiser, seulement c'est en deux tomes, et ça m'a l'air terriblement long.

– Dreiser qui essaye d'écrire. J'ai jamais rien vu d'aussi drôle. Il ne sait pas écrire.

– Ah, je suis bien contente de le savoir. Je ne le lirai même pas. Voyons voir – oh, j'ai ce nouveau livre de Ring Lardner. Des nouvelles, ou quelque chose comme ça.

– De qui ?

– Vous savez, il écrit des choses très drôles d'habitude. Vous savez, ces choses bizarres. Tout est mal orthographié, et tout.

– Comment s'appelle-t-il ?

– Lardner. Ring Lardner. Drôle de nom, pas vrai ?

– Jamais entendu parler.

– En fait, je l'ai surtout pris pour Papa, fit-elle. Il est fou de base-ball et tout ça. Je me suis dit que ça lui plairait. Moi, je n'arrive plus à trouver de livres qui me plaisent. J'aimerais oser vous demander quelque chose de terriblement indiscret. Je me demande si ça vous ennuierait. Votre nouveau livre, il est comment ?

– Il est différent, fit-il. Complètement différent. J'ai changé la forme. Le problème des romanciers, c'est leur forme. Leur forme, si vous voyez ce que je veux dire. Dans ce livre-là, j'ai adopté une forme entièrement différente : je me suis inspiré du *Satiricon* de Pétrone.

– Ooh, fit-elle. Ooh, comme c'est excitant !

– Une bonne partie de l'intrigue se déroule en Égypte. Mes lecteurs sont assez mûrs pour ça.

– Splendide ! C'est bien simple, j'adore l'Égypte. Je meurs d'envie d'y aller. Vous y êtes déjà allé ?

– Non. J'en ai marre de voyager. C'est partout pareil. Tous ces gens qui donnent des soirées. Atroce.

– Oh, je sais, fit-elle. Ce doit être atroce. Écoutez, je ne voudrais pas que vous me trouviez terriblement indiscrète, mais je me disais que, vraiment, j'adorerais qu'un jour, vous veniez prendre le thé à la maison. Je me demande si vous accepteriez.

– Mon Dieu, j'ai donné pour le restant de l'année, fit-il. Ce soir, c'est la dernière fois qu'on me sort.

– Mais en toute tranquillité, fit-elle. Il n'y aurait que quelques personnes qui sont folles de vos trucs, elles aussi. Ou bien personne, si vous voulez.

– Pour l'amour de Dieu, quand est-ce que je trouverais le temps ?

– Eh bien, si jamais vous le trouvez, c'est dans l'annuaire. D. G. Waldron. Vous vous en souviendrez ou bien faut-il que je vous l'écrive ?

– Ne l'écrivez pas. Je ne garde jamais sur moi l'adresse d'une femme. Il fait chaud ici, c'est l'enfer. Je vais m'esquiver. Alors, au revoir.

– Oh, vous partez ? Eh bien, au revoir, alors. Vous ne pouvez pas savoir comme ce fut excitant, de vous rencontrer et tout. J'espère que vous ne vous êtes pas ennuyé à mourir, à m'écouter m'épancher sur vos livres. Mais si vous saviez comme je les ai lus et relus ! Quand ils sauront que j'ai rencontré Freeman Pawling, en chair et en os !

– Mais pas du tout, fit-il.

– Et dès que vous n'êtes plus terriblement occupé, je suis dans l'annuaire. Vous savez !

– Au revoir, alors. »

Il franchit la porte en huit secondes montre en main, sans prendre le temps de saluer son hôtesse.

La fervente admiratrice traversa la salle jusqu'à la table où était servi le thé, et se saisit de la main fatiguée et flasque de l'hôtesse.

« Oh, chère amie, fit-elle, c'était palpitant comme tout. Oh, il est charmant !

– N'est-ce pas ? fit l'hôtesse. Je savais que vous diriez cela. »

The New Yorker, 9 octobre 1926

Miss Carrington et Miss Crane

« Chère amie… lança Miss Carrington, et d'une chiquenaude elle fit voler un ou deux grains de caviar de sa petite serviette à franges. C'est bien simple, j'en suis arrivée à ne plus pouvoir les souffrir une minute de plus. Pas une seule minute de plus.

– Je comprends », fit Miss Crane.

Elle poussa un soupir et eut un regard plein de tendresse pour son amie.

« Oh, comme je vous comprends, poursuivit-elle. Je suis comme vous.

– Honnêtement, si je n'étais pas venue chez vous cet après-midi en sortant du bridge d'Angela, c'est bien simple, je… ma foi, je ne sais pas ce que j'aurais fait.

– N'en dites pas plus. Je comprends tellement. Ne m'en parlez pas. »

Mais Miss Carrington ne put s'empêcher d'en parler :

« Ce vide. Cette bêtise. Et ça papote, et ça potine. Sans arrêt. Et ces discussions à n'en plus finir sur les nouvelles toilettes qu'elles se sont achetées, celles qu'elles s'achèteront. Et ce qu'elles font pour rester minces. Franchement, je n'en peux plus, un point c'est tout. Oh, non, merci, sans façon. Non, vraiment, ce serait de la folie de reprendre un sandwich. À ce train-là, demain, je vais devoir pédaler toute la journée.

– Moi, je ne perds pas un gramme si je pédale. Non, moi c'est trente-cinq fois les jambes à la verticale, tous les matins. Et puis, si je reste à la maison pendant la journée, je ne déjeune pas.

– Oh, ça me tuerait de faire ça. Franchement, j'en mourrais. C'est bien simple, si je ne déjeune pas, je perds le contrôle au dîner. Patates et tout. À ce propos, Angela a commencé un nouveau régime ; vous savez, un de ces trucs où ce n'est pas la quantité de ce qu'on mange qui compte mais quoi avec quoi. Elle a perdu quatre kilos.

– Ça lui va bien ?

– Oh, assez bien, enfin je crois. Honnêtement, à mes yeux, elles se ressemblent toutes. Et puis, quand elles parlent, c'est du pareil au même. Elles sont toutes sottes et vides. Elles ne pensent qu'à leurs toilettes et qu'aux soirées, et n'ont pas l'ombre d'un sujet de conversation qui en vaille la peine. En hiver encore, c'est supportable. On peut les éviter, un petit peu du moins, à New York. Il suffit d'aller de son côté et de faire quelque chose d'intéressant : les galeries d'art, le Philharmonique, et, tenez, les expositions de peinture, les concerts, des choses comme ça quoi. Mais en été, quand on va à la campagne... ma foi, pas moyen de leur échapper. Un point c'est tout.

– Je sais. Ne m'en parlez pas. »

Mais Miss Carrington ne put s'empêcher d'en parler :

« Ici, tout se résume à sortir, sortir, sortir, oui, et boire, boire, boire. Oh, non, vraiment, ne me resservez pas, de grâce. Après ce que j'ai fait à la soirée des Weldon hier soir, j'ai l'impression que je ne pourrai jamais plus supporter la seule vue d'une goutte d'alcool.

– Oh, s'il vous plaît : ce n'est vraiment que du jus de fruit », fit Miss Crane.

Elle versa l'onctueux mélange de gin, vermouth et zeste de citron d'abord dans son verre – en bonne hôtesse qui se respecte, Miss Crane ne servait jamais ses invités sans prendre part aux réjouissances –, puis remplit le verre de son amie.

« Alors, vous êtes allée chez les Weldon hier soir ? C'était bien ?

– Bien ? Le train-train habituel, oui. Backgammon, commérages, régimes, et nouvelles toilettes. Oh, j'oubliais : Betty portait ce modèle de chez Florelle, vous savez, celui avec le manteau aux petites queues ; seulement elle l'avait en bleu. J'ai pensé me le faire faire en noir. Qu'en pensez-vous ? Ce serait bien en noir, non ?

– Oh, oui, charmant, fit Miss Crane. Et Betty, elle s'est soûlée ?

– Comme une vache, évidemment, fit Miss Carrington.

– Elle est pénible à la longue. Je ne comprends pas comment Jack la supporte. Remarquez, il est tout le temps tellement soûl lui-même qu'il ne doit s'apercevoir de rien. C'est sordide, non ? Oh, chère amie, laissez-moi vous resservir : ce n'est vraiment que de la glace fondue, après tout.

– Non, vraiment, sans façon. Enfin, bon. Juste un doigt, alors. Oh, non, pas tant que ça. Remarquez, j'en ai bien besoin, après cette partie de bridge. Et hier soir, vous avez fait quoi ?

– On est allés chez les Lockwood. Je ne vous en parle même pas. Je me suis tellement ennuyée, j'ai cru que je ne tiendrais pas toute la soirée. Remarquez, j'ai bien ri. Cynthia portait le modèle blanc de chez Cygnette aux deux petites capes et Maggie Chase portait le même, mais en vert. Et Dorette – qui est arrivée plus tard – avait le jaune vif.

– Oh, Seigneur. Typique ! C'est exactement comme ça qu'elles fonctionnent. Un manque total d'originalité ; pas une pour rattraper l'autre, jusque dans leur façon de s'habiller. Comment vais-je faire pour tenir le coup jusqu'à la fin de l'été ? C'est ce que j'ai dit à Freddy, en rentrant hier soir. "Freddy, je lui ai dit, comme nous rentrions à la maison, Freddy, j'ai dit, j'en peux plus de cette bande d'imbéciles soûlotes et vides."

– C'est ce que je dis toujours à Jim, fit Miss Crane. À chaque fois. Sans exception. Chaque fois. Qu'est-ce que vous faites ce soir avec Freddy ?

– On va chez les Gray. Et ce sera pareil. La sotte conversation habituelle. Aucune idée nouvelle, rien d'intéressant à dire.

– Ça alors ! Nous y allons aussi. En tout cas, ça me sauve la vie si vous y allez. On trouvera peut-être un moment pour discuter.

– J'espère, parce que sinon, je ne tiendrai jamais

le coup. Ah, chère amie ! Honnêtement, vous ne pouvez pas savoir tout le bien que vous me faites. Oh, non, sans façon. Quoique. Si vous en reprenez… Oh, c'est bien assez, honnêtement. Non, mais ce que je voulais dire, c'est que les gens intelligents ont tout simplement besoin d'être stimulés. On ne peut pas se contenter de vide, de sottise, et de toilettes. Remarquez, ces gens-là, si. Mais pour des gens comme nous, ma foi, c'est la mort. La mort, littéralement.

– Je sais, fit Miss Crane. Je sais.

– Comme j'aimerais rentrer à New York, fit Miss Carrington. Il faut que je fasse quelque chose cet hiver. Quelque chose qui en vaille la peine. Je crois que je vais suivre une sorte de cours à Columbia. Hester Coles l'a fait, l'année dernière. Bien sûr, c'est une petite sotte délurée, comme toutes les autres. Mais enfin, j'ai pensé m'inscrire aussi.

– Moi, cet hiver, il faut que je m'active. Encore faut-il que je trouve une minute. Ce que j'aimerais vraiment, c'est me mettre aux claquettes. Mary Morton l'a fait, l'année dernière, et elle a perdu six kilos.

– C'est comme ça qu'elle les a perdus ? Vraiment ? Sans faire de régime en plus ?

– Non. Elle a juste supprimé les sucreries et les féculents et elle n'avait pas droit à la viande. Seulement du poulet une ou deux fois par semaine. Six kilos, elle a perdu.

– Formidable. C'est tout juste ce que j'aimerais perdre.

– Et ça reste perdu, quand on s'y prend de cette façon.

– Dans ce cas, moi aussi je me mets aux claquettes, et ce dès mon retour. Chère amie, inscrivons-nous ensemble ! Vous allez le faire, vraiment ? C'est vrai ? Oh, ça va être formidable. Vous voyez tout le bien que vous me faites – chaque fois que je discute avec vous, je suis stimulée. Et puis, à présent, je sais que je tiendrai le coup jusqu'à la fin de l'été, maintenant que j'ai un but. Enfin une vraie activité en vue pour cet hiver ! Seigneur, comme le temps passe vite, quand on est ici, pas vrai ? Grands dieux, est-il vraiment aussi tard ? Oh, il faut absolument que je file à la maison m'habiller. Je suis terriblement en retard. Qu'est-ce que vous allez mettre ?

– Oh, je n'ai pas eu une seconde pour y réfléchir. J'ai bien pensé à la résille noire, mais je ne sais pas. Sans doute le modèle vieux rose de chez Valérie. Vous savez. Betty l'a en beige.

– Oh, oui, il est adorable. J'imagine que Betty sera là ce soir. Elle est probablement déjà soûle à cette heure-ci. »

Miss Carrington se leva et se dirigea vers la porte. Pendant un moment, on eût dit que le jus de fruit aux glaçons fondus lui avait fait de l'effet. Elle tituba légèrement. « Oups ! » fit-elle, et elle retrouva son équilibre. Elle sourit gentiment à son hôtesse.

« Ma foi, vous ne pouvez pas savoir tout le bien que vous m'avez fait. Je me sens toute remontée. Si je n'avais pas discuté avec vous cet après-midi, je ne sais pas si j'aurais pu affronter toute la sottise de ce soir. C'est bien simple, je n'aurais jamais pu. »

Miss Crane se pencha vers son amie en oscillant légèrement de la tête.

« Je sais, fit-elle. Ça fait vraiment du bien de savoir que, même ici à la campagne, on peut compter sur quelqu'un de différent. Ne m'en parlez pas. »

Elles s'embrassèrent avec affection, et, pour un petit moment, se séparèrent.

The New Yorker, 15 juillet 1933

Une femme particulière

Mon amie, Mme Légion, fait partie de ces rares, comme les recense la tradition, qui soient new-yorkais de naissance. Cela lui confère un statut sensiblement supérieur aux parvenus qui ne sont manhattaniens que par migration. Les Légion habitent un appartement sur Upper Riverside Drive, dans un immeuble qui s'appelle l'« Emdor » – fusion heureuse et fort bien vue du prénom de la femme du propriétaire, Emma, et de celui de sa fille, Doris. On n'aurait pu trouver formule plus brillante pour ne risquer de froisser personne et réussir de surcroît un heureux effet littéraire. « Charmant, n'est-ce pas ? » vous demande Mme Légion lorsqu'elle a fini de vous expliquer les origines du nom. « N'est-ce pas », lui répondez-vous, sans point d'interrogation. Et vous voilà tous les deux prêts à reprendre depuis le début.

Peu de temps après – oh, pas plus de sept à dix minutes après – avoir fait votre connaissance, Mme Légion vous dresse déjà la liste des raisons primordiales qui lui font préférer habiter Riverside Drive plutôt que Park Avenue. D'abord, c'est très ensoleillé, et puis la cuisine est énorme ; et le concierge qui est si serviable, et vous avez vu comme c'est bien desservi par les autobus. Pour rien au monde, elle vous le promet, elle n'irait habiter un quelconque autre secteur de la ville. Mais, chose assez curieuse – juste assez –, on la croise plus souvent qu'à son tour sur Park Avenue en train d'inspecter et d'évaluer les appartements du quartier, et d'appeler, pleine d'espoir, les agences immobilières pour savoir si les loyers n'auraient pas connu d'éventuelle amélioration depuis sa dernière enquête.

Bien qu'elle habite aussi loin que possible de Park Avenue – loin certes, mais pas au point de s'aventurer à vivre dans le New Jersey –, Mme Légion commente volontiers les allées et venues et autres occupations des privilégiés de l'Avenue. Elle se rue, jusqu'à en perdre le souffle, sur les chroniques « société » dans les journaux du matin ; elle achète avec promptitude, le jour de leur parution, les magazines qui se consacrent aux activités des élus de la société. Saluez-la seulement du bord de votre chapeau, et elle vous dira tout ce que vous voulez savoir en matière de dates, de noms de jeunes filles, de qui a épousé qui et s'ils s'entendent bien le cas échéant. Elle utilise des surnoms quand elle fait référence à la petite centaine d'heureux membres de l'élite, et ce avec une telle désinvolture qu'elle semble faire des remarques sur sa propre famille.

Naturellement, elle consacre une bonne partie de son temps à se tenir aussi admirablement au courant de toutes ces questions. Et le temps de Mme Légion est très précieux. Vous pourriez penser qu'avec un mari qui gagne aussi joliment sa vie, qu'avec Junior et Barbara bien à l'école, et son cortège de bonnes – oh, deux feront parfaitement l'affaire –, vous pourriez penser donc que la vie de Mme Légion ne fait que suivre ce cours rendu désormais célèbre par le proverbial Riley ; mais les jours sont tous trop courts pour mener à bien ses affaires. Elle arrive toujours en retard à ses rendez-vous, à la hâte et au bord de l'essoufflement, et se confond en excuses – c'en est presque embarrassant – parce qu'elle n'a eu le temps de rien. Il faut à tout prix que vous l'excusiez de son allure, mais elle n'a pas eu une minute pour sa permanente, ou, mon Dieu, il faut absolument qu'elle trouve le moyen d'aller chez la manucure à un moment ou un autre, ou, pour l'amour de Dieu, faites-lui penser à s'arrêter chez le boulanger sur le chemin du retour – elle n'a pas eu une seconde ce matin. Sa vie se déroule donc en suivant un procédé singulièrement imperceptible qui consiste à « trouver le temps » – trouver le temps de répondre à une lettre, trouver le temps de refaire faire son manteau de fourrure, trouver le temps d'avoir une discussion avec la maîtresse de Junior.

Après ça, bien sûr, il y a son shopping. Le shopping de Mme Légion n'a jamais ne serait-ce que frôlé le stade du mené à bien. Il se passe rarement un jour sans qu'elle ne doive faire un tour dans les magasins, sinon pour acheter, du moins pour jeter un œil et se faire une petite idée. À la regarder, vous vous rendez vite compte qu'il lui faut effectivement du temps, de l'imagination et du travail pour arranger ses toilettes et les rendre aussi fidèlement semblables à celles que portent toutes les autres femmes de son milieu. Mme Légion et ses amies s'habillent avec la même uniformité que les demoiselles Tiller. Leurs chapeaux ont la même forme, elles les portent avec la même inclinaison, leurs coiffures sont méticuleusement identiques, leurs robes se suivent de très près, du tissu au modèle, et leurs chaussures sont du même dernier cri. Tant qu'elle n'aura pas effacé toute trace de son individualité, Mme Légion trouvera qu'elle n'a pas assez d'allure pour sortir en public.

Obligations mises à part, il faut bien que Mme Légion s'amuse ; après tout elle n'est qu'humaine. Ses bons moments consistent à se réunir avec ses amies presque quotidiennement, soit chez elle, soit chez les autres, et à se lancer dans une bonne petite discussion. Parfois, elle a lieu à la table de bridge, parfois au milieu des dominos de mah-jong, parfois au cours d'une petite séance de broderie de soie et de ruban. À l'École des Causeuses de Mme Légion, on discute essentiellement personnalités, et l'on n'a pas peur de fouiller dans les affaires intimes des collègues absentes. Récits détaillés de mariages misérables et de séparations épouvantables, d'interminables maladies, d'accouchements agonisants et de démences ancestrales, de cœurs brisés, de pauvreté et de désertion ; le tout sort mélodieusement marmonné des fraîches et douces lèvres, rougies au prix fort, de ces dames.

On interrompt la conversation pour servir, avec imagination et prodigalité, le thé, auquel Mme Légion prend part très généreusement. Elle remet toujours son régime au lundi matin suivant.

Outre ces divertissements-là, il y a la littérature et le théâtre. Mme Légion est, selon ses propres dires, une lectrice assidue. Cela fait longtemps que la bibliothèque de prêt de la papeterie la plus proche la compte parmi ses adhérents. On lui épargne la pénible tâche de devoir sélectionner les bons livres – il y a là-bas une jeune fille charmante qui sait exactement le genre de choses qu'elle aime. Mme Légion sera rarement en mesure de vous dire le titre du livre qu'elle est en train de lire, et jamais le nom de l'auteur, mais elle saura toujours vous faire un résumé assez détaillé de l'intrigue. Elle aimera un livre parce qu'il sera question d'une ravissante jeune fille, ou d'un homme extrêmement séduisant, ou parce que l'auteur dit des choses tellement crues – c'est simple, ma chère, absolument rien n'est laissé à votre imagination. Et, dans le cercle des Légion, s'il est une qualité qui remporte l'unanimité, c'est bien le fait de fatiguer le moins possible l'imagination.

Au théâtre, même si elle doit parfois attendre des semaines pour obtenir des places de choix, elle trouve toujours moyen d'être condescendante à l'égard de ces exhibitions dont elle dira avec euphémisme : « Ma chère, il paraît que c'est la chose la plus osée que vous ayez jamais vue. J'espère que la police ne va pas arrêter le spectacle avant que nous ayons acheté nos billets. » Elle ne s'intéresse pas au théâtre noir, réaliste ou marginal. Comme elle dit, ce qu'elle aime c'est voir des beaux habits.

Sporadiquement, Mme Légion se prend de grande passion pour la culture, et s'inscrit à un séminaire sur la peinture flamande, sur l'actualité ou sur la décoration d'intérieur. Les premiers cours sont suivis très assidûment, on en rapporte fidèlement certains passages : vers le sixième ou le septième, seule la première rangée de chaises dorées est occupée. Voilà près de trente-sept ans que Mme Légion est spectatrice de ce monde, et elle a toujours su tirer ses propres conclusions. Elle a des vues si claires qu'elle règle le sort de n'importe quelle question en une seule phrase. De la politique, elle dit que Mme Coolidge est absolument trognon, qu'il paraît qu'elle est très populaire à Washington. Du chômage, que ces mendiants que vous voyez dans la rue ont tous un énorme compte bancaire, et que la plupart d'entre eux sont probablement propriétaires de complexes immobiliers. De la vie conjugale, qu'elle pense honnêtement que Fred Légion mangerait du steak tous les soirs si on lui en donnait. De la question raciale, que ces Suédoises et ces Irlandaises sont tellement indépendantes qu'elle embaucherait bien deux ou trois servantes à peau foncée. De l'art et des belles-lettres, qu'elle n'irait pas habiter à Greenwich Village même si vous lui offriez le loyer. De la maternité, qu'il est décidément bien difficile d'habiller les enfants à cet âge bizarre. De la relation entre les sexes, que c'est terrible ce que les femmes peuvent endurer dans ce monde.

Mon amie, Mme Légion. Héritière de son époque.

The New Yorker, 28 février 1925

Une jeune femme en dentelle verte

Le jeune homme au smoking taillé sur mesure traversa la foule d'invités et s'arrêta en face de la jeune femme en dentelle verte ornée, semblait-il, de perles. Ce jeune homme avait de l'imagination, vous l'auriez dit vous-même, de la suite dans les idées, et une réceptivité fort sympathique à la nouveauté, parce qu'une tenue comme la sienne ne pouvait être le fait du hasard ; pour avoir sélectionné de tels vêtements, il fallait y avoir réfléchi, et ce mûrement, et puis aussi ne pas manquer d'aplomb.

À la seule trame de son manteau, plus assurément que d'après les lignes de sa main, on pouvait se faire une idée de son caractère. Une pointe de fantaisie perçait au revers ; à la double rangée de boutons, on voyait qu'il était équilibré ; et la couleur de l'étoffe, un magnifique bleu de soir de printemps, trahissait un grand sentimental. Le visage qui dépassait du smoking était beau et mince, caché pour le moment derrière un regard implorant.

« Bonsoir, fit le jeune homme. Du moins, je vous prie de m'excuser. Du moins, je me demande si cela vous importunerait que je m'asseye à vos côtés. Si ça ne vous dérange pas, bien sûr. Si vous m'y autorisez, du moins.

– *Mais certainement*[1], fit la jeune femme, car elle venait tout juste de rentrer de France. Mais bien sûr. »

Elle lui fit de la place sur le petit sofa où elle était assise, légère et langoureuse. Il s'assit à côté d'elle, quelque peu embarrassé. Il se mit aussitôt à la fixer des yeux, et ne cessa de la regarder.

« Vous savez, c'est terriblement gentil à vous de m'autoriser à faire ainsi, fit-il. C'est... euh, je veux dire, je craignais que vous ne refusiez.

– Mais non ! fit-elle.

– En fait, je n'ai cessé de vous regarder toute la soirée. Du moins, je n'avais d'yeux que pour vous. Honnêtement. Dès que je vous ai vue, j'ai tout fait pour que Marge me présente, mais elle était tellement occupée à servir à boire et à faire je ne sais quoi que je n'ai pas réussi à l'approcher. Et ensuite, je vous ai vue venir vous asseoir ici, toute seule, mais je n'osais pas venir vous parler. Je me disais que ça allait vous énerver ou je ne sais quoi, du moins. J'étais tout décidé, et puis je pensais : "Oh, elle est si charmante et si belle, elle va m'envoyer promener." Je me disais que vous seriez, disons, fâchée que je vienne vous parler, sans avoir été présenté, je veux dire.

– Oh, *non*. Jamais de la vie. Jamais je n'aurais pu me fâcher. À l'étranger, vous savez, ils disent que le toit tient lieu de présentation.

1. Tous les mots en italique sont en français (*sic*) dans le texte. (*N.d.T.*)

– Pardon ?

– C'est comme ça qu'on dit, à l'étranger. À Paris et ailleurs. Quand vous allez à une soirée, votre hôte ne fait jamais les présentations. Là-bas, ils partent du principe que tout le monde parlera à tout le monde, parce que par principe, leurs amis sont les amis de leurs amis. *Comprenez-vous ?* Oh, je suis désolée. Ça m'échappe. Il faut absolument que j'arrête de parler français. Seulement c'est difficile, surtout quand on a pris le pli. Je veux dire, vous voyez ce que je veux dire ? Ma foi, j'avais oublié tout ce cérémonial des présentations.

– En tout cas, je suis bien content que vous ne soyez pas fâchée. Du moins, pour moi, c'est formidable. Seulement peut-être que vous préférez que je vous laisse seule. C'est ça ?

– Oh, *non, non, non, non, non*. Grands dieux, non. Si je me suis assise ici, c'est pour pouvoir observer tout le monde, c'est tout. J'ai l'impression de ne plus connaître âme qui vive depuis que je suis rentrée. Mais c'est tellement intéressant, de rester assise comme ça et d'observer le comportement des gens, leurs toilettes et le reste. Un peu comme si j'étais dans un autre monde. Enfin bon, vous savez bien ce que ça fait quand on revient de l'étranger. Pas vrai ?

– Je n'ai jamais été à l'étranger.

– Oh, mon Dieu. Oh, *là là là*. Jamais, vraiment ? Mais, il faut absolument que vous y alliez, dès que possible. Vous allez adorer. Tel que je vous vois, je suis sûre que vous en serez fou.

– Vous êtes restée longtemps à l'étranger ?

– Je suis restée à Paris plus de trois semaines.

– Ça c'est un endroit où j'aimerais aller. Ce doit être le fin du fin, non ?

– Oh, ne m'en parlez pas. Ça me rend tellement nostalgique que je n'y vois plus clair. Oh, *Parii, Parii, ma chère Parii.* J'ai vraiment l'impression que cette ville m'appartient. Honnêtement, je ne sais pas comment je vais faire pour supporter un tel éloignement. J'aimerais y retourner à la minute même.

– Hé, ne dites pas des choses comme ça, hein ? Nous avons besoin de vous par ici. Du moins, ne repartez pas tout de suite, hein ? Je viens à peine de faire votre connaissance.

– Oh, c'est gentil. Mon Dieu, si peu d'Américains savent parler à une femme. Ils sont sûrement trop occupés, ou je ne sais quoi. Les gens ont l'air si pressés – jamais le temps de rien, sauf pour l'argent, l'argent, l'argent. Enfin bon, *c'est ça*, j'imagine.

– On pourrait trouver le temps de faire d'autres choses. Je saurais vous amuser. On sait s'amuser ici, à New York du moins.

– Ce vieux New York ! Je crois que je ne m'y ferai jamais. Il n'y a rien à faire ici. Tandis qu'à Paris, c'est tellement pittoresque et tout, on n'a jamais le cafard. Et puis, là-bas, il y a tous ces petits endroits si mignons où l'on peut aller boire un verre quand on veut. Oh, c'est merveilleux.

– Je connais toutes sortes de petits endroits très mignons où aller boire un verre. Si vous voulez, on se donne encore dix minutes et je vous y emmène.

– Ce ne serait pas comme à Paris. Oh, dès que j'y pense, ça me rend *terriblement triste.* Et zut, voilà que ça me reprend. Ça ne me quittera donc jamais ?

– Écoutez, et si j'allais vous chercher à boire ? Ma parole, vous n'avez encore rien pris. Qu'est-ce qui vous ferait plaisir ?

– Oh, *mon Dieu*, je ne sais pas. J'ai tellement l'habitude de boire du champagne que vraiment… Qu'est-ce qu'ils prennent ? Qu'est-ce qu'ils boivent les gens, ici, d'abord ?

– Eh bien, il y a du scotch et du gin, et je crois qu'il y a du whisky dans le salon. Du moins, il se peut qu'il y en ait.

– Comme c'est drôle ! C'est fou ce qu'on oublie les trucs abominables que les gens peuvent boire. Tandis qu'à Rome… du gin, alors.

– Avec du soda ?

– *Quel horreur !* Non. Pur, euh… Comment disent-ils ? Sec.

– Je reviens tout de suite, et le temps me paraît déjà trop long. »

Il s'éloigna et revint très vite, chargé de petits verres remplis à ras bord. Il lui en tendit un avec précaution.

« *Merci mille fois*, fit-elle. Oh, quelle idiote. Merci, je veux dire. »

Le jeune homme se rassit à côté d'elle. Il but, mais sans regarder le verre qu'il avait à la main. Il avait les yeux rivés sur la jeune femme.

« *J'ai soif*, fit-elle. *Mon Dieu*. J'espère que vous ne pensez pas que je jure terriblement. C'est une habitude que j'ai prise, je ne me rends vraiment pas compte de ce que je dis. Et en français, vous savez, ce n'est pas grave. Tout le monde jure. On n'appelle pas ça jurer, là-bas. Ugh ! Dieu que c'est fort.

– Ouais, mais il est pas mal. Marge a un bon gars.

– Marge ? Un bon gars ?

– Du moins, ce truc n'est pas coupé.

– Ce truc ? Pas coupé ?

– Elle a un bon "bootlegger"[1], du moins. Ça ne n'étonnerait pas qu'il se le procure directement du bateau.

– Oh, s'il vous plaît, ne me parlez pas de bateaux ! Ça me rend tellement nostalgique, je vais mourir. Ça me donne envie de prendre le bateau tout de suite.

– Ah, je vous en prie. Laissez-moi seulement une petite chance. Seigneur, quand je pense que j'ai failli rater cette soirée. Honnêtement, j'ai vraiment failli ne pas venir. Et à la minute où je vous ai vue, j'ai su que je n'avais jamais autant eu raison de ma vie. Du moins, quand je vous ai vue assise là, et puis cette robe et tout ça… ben, j'ai été abasourdi. Voilà.

– Quoi, cette vieille relique ? Ma foi, elle remonte à Mathusalem. Je l'ai achetée avant de partir à l'étranger. Ça ne me disait trop rien de porter une de mes tenues françaises parce que – bon, inutile de vous dire qu'elles n'ont rien d'extraordinaire pour les Parisiens – … mais je me suis dit que les New-Yorkais risqueraient de les trouver quelque peu extrêmes. Vous savez à quoi ressemblent les tenues de Paris. Elles sont tellement françaises.

– Ah, ce que j'aimerais vous voir dedans. Et comment ! Ma foi, je… Hé, vous n'avez rien dans votre

1. Contrebandier d'alcool pendant la période de la prohibition aux États-Unis. (*N.d.T.*)

verre. Tenez, laissez-moi vous arranger ça. Et ne bougez pas, hein ? »

À nouveau, il s'éloigna pour réapparaître aussitôt, à nouveau chargé de petits verres remplis d'un fluide incolore. Il se remit à regarder la jeune femme.

« Bon eh bien, *à votre santé*, fit-elle. Pour l'amour du ciel, j'aimerais bien arrêter avec ça. Bonne chance, je veux dire.

– Elle est avec moi, et ce depuis l'instant où je vous ai rencontrée. Si seulement… Du moins j'aimerais tant qu'on parte loin d'ici. Marge m'a dit qu'ils vont rouler les tapis pour danser ; tout le monde va vouloir danser avec vous. Je n'aurai pas la moindre chance.

– Oh, je n'ai pas envie de danser. Les Américains dansent si mal, pour la plupart. Et d'abord, je n'ai pas du tout envie de rencontrer ces gens. Il m'est terriblement difficile de leur parler. Comme si je n'arrivais pas à comprendre de quoi ils parlent, depuis que je suis rentrée. Ils se croient sûrement très drôles avec leur argot, mais moi je n'y comprends rien.

– Vous savez ce qu'on pourrait faire, si ça vous dit, du moins ? Dès qu'ils se mettent à danser, on s'éclipse. On pourrait aller faire un tour en ville. Qu'est-ce que vous en dites, du moins ?

– Vous savez, ça pourrait être amusant. Ça me plairait bien d'aller voir quelques-uns de vos nouveaux petits *bistros* – comment les appelez-vous ? – oh, vous voyez ce que je veux dire… les “speakeasy”. J'ai entendu dire qu'il y en avait d'assez intéressants. Ce qu'ils servent ici est sûrement très fort, mais je n'ai pas l'impression que ça me fasse de l'effet. Ce doit être à cause de ces merveilleux vins français auxquels je suis habituée.

– Voulez-vous que je vous resserve ?

– Ma foi, j'en prendrais bien encore un petit. Histoire de faire comme tout le monde, hein ?

– La même chose ? Un gin sec ?

– *S'il vous plaît.* Mais oui.

– Madame. Quelle descente ! Belle soirée en perspective ! »

Pour la troisième fois, il s'éloigna et réapparut aussitôt. Pour la troisième fois, il la regarda en buvant.

« *Ce n'est pas mal*, fit-elle. *Pas du tout*, pas mal du tout. Je connais un petit endroit sur un des boulevards – c'est comme ça qu'ils appellent leurs grandes avenues – où ils servent une sorte de cordial qui a presque le même goût que ça. Dieu comme j'aimerais être là-bas, à cet instant.

– Ah, non, vous ne voudriez pas. Vous voudriez, vraiment ? Vous ne voudrez plus sous peu, de toute façon. J'aimerais d'abord vous emmener dans un petit endroit que je connais sur la Cinquante-deuxième Rue. Écoutez, dès qu'ils se mettront à danser, voilà ce qu'on pourrait faire : vous enfilez votre manteau, ou du moins ce que vous avez, et on se retrouve dans le hall. Inutile qu'on dise au revoir. Marge n'en saura rien. J'ai deux, trois endroits à vous montrer qui pourraient bien vous faire oublier Paris.

– Oh, ne dites pas ça. S'il vous plaît. Comme si je pouvais un jour oublier mon *Parii* ! Vous ne pouvez pas comprendre ce que je ressens. À chaque fois que quelqu'un dit "Paris", je n'ai qu'une envie, c'est de pleurer. De pleurer.

– Aucun problème. Du moins à condition que ce soit sur mon épaule qui n'attend que ça. Ça marche, on y va, poupée ? Ça vous ennuie si je vous appelle poupée ? On va s'en jeter un ou deux ? Comment vous vous en sortez avec ce gin ? Fini ? Vouaalà, ma grande. Ça marche ? On y va maintenant et on s'encanaille ?

– Mais *okée* ! fit la jeune femme en dentelle verte. »

Ils s'éclipsèrent.

The New Yorker, 24 septembre 1932

[illegible]

[illegible] [illegible] [illegible] [illegible] [illegible] [illegible]
[illegible]

— Aucun [illegible]. [illegible] d'[illegible] [illegible]

[illegible] [illegible] [illegible] [illegible] [illegible] [illegible]

[illegible] septembre [illegible]

Conversation
à trois heures du matin

« De l'eau plate, dans le mien, fit la femme au chapeau couleur pétunia. Non, laisse tomber. Je dis merde à l'eau. Sec, le scotch. Qu'est-ce que j'en ai à faire ? Allez, sec. Je suis comme ça. Jamais embêté personne dans ma vie. Je m'en fous, ils peuvent dire ce qu'ils veulent sur mon compte, mais moi je sais – je sais – que j'ai jamais embêté personne dans ma vie. Tu pourras leur dire de ma part, tu vois ? Qu'est-ce que j'en ai à faire ?

– Écoute », fit l'homme aux cheveux bleu métallique. Et il se pencha vers elle au-dessus de la table en fronçant durement les sourcils. Devant lui, la nappe était couverte des stries qu'il avait dessinées avec son couteau en argent. « Écoute. Je veux seulement que tu comprennes bien…

– Ouais. Que je comprenne bien. Ah ça alors, tu me fais bien marrer. C'est marrant ça. Hé, s'il y a quelqu'un par ici qui va bien se faire comprendre, c'est moi. C'est moi qui vais bien me faire comprendre. Toi, ce que tu vas faire, c'est que tu vas retourner voir Jeannette, tu vois, et tu lui dis que je suis au courant de ce qu'elle dit sur moi. Je veux pas te mêler à tout ça, mais dis-lui ça de ma part. T'es pas obligé de t'en mêler. T'as pas besoin de lui dire que tu me l'as dit. T'as même pas besoin de lui dire que tu m'as vue. Hé, si t'as honte de dire que tu me connais, t'en fais pas pour moi, tu vois ? Je veux embêter personne. Si t'as honte de dire à tes amis que t'es mon ami, qu'est-ce que j'en ai à faire ? Je crois que je pourrais l'encaisser, tu sais. J'en ai encaissé, des trucs.

– Ah, écoute. Écoute. Est-ce que tu pourrais juste m'écouter une minute ?

– Ouais, écouter. Formidable. Eh ben, moi j'en ai marre qu'on me dise d'écouter. Tu peux aller leur dire de ma part, tu vois. À partir de maintenant, c'est moi qui parle. Tu peux aller lui dire ça, à Jeannette. Qu'est-ce que j'en ai à faire ? Dépêche-toi d'aller la retrouver, et balance-lui ça. Alors comme ça, elle trouve que j'ai l'air grosse dans ma robe rouge ? C'est gentil de s'entendre dire ça. C'est agréable, vraiment. Tu peux aller dire à Miss Jeannette qu'elle manque pas d'air de dire des vacheries sur la robe rouge d'une autre. Hé, le jour où je lui demanderai de me payer mes habits, peut-être qu'à ce moment-là, elle pourra me dire ses vacheries. Elle ou n'importe qui d'autre. Je gagne ma vie toute seule, Dieu merci, et j'ai besoin de rien demander à personne. Tu peux aller leur dire tout ça. Toi ou n'importe qui d'autre.

– Est-ce que tu veux bien me faire plaisir ? Est-ce que tu veux bien me faire un tout petit peu plaisir ? Hein ? Est-ce que tu pourrais juste m'écouter…

– Ouais, plaisir. Personne ne me fait jamais plaisir,

à moi. Je gagne ma vie toute seule, moi, et je ne demande à personne de me faire plaisir, moi. J'ai jamais embêté personne dans ma vie. Et si ça leur plaît pas, c'est leur problème. Eux, c'est la vitrine Tiffany, tu vois ? Tous autant qu'ils sont. Oh, aurais-je brisé la glace ? Oh, comme c'est ennuyeux. Et alors – si elle est cassée, elle est cassée. Pas vrai ? Merde. Merde à tous ces gens.

– Si seulement tu pouvais m'écouter. Tu n'as aucune raison de t'énerver. Écoute-moi, c'est tout…

– Mais qui s'énerve ? Je ne suis pas énervée, moi. Tout va bien. T'inquiète pas pour moi. Toi ou Jeannette ou n'importe qui d'autre. Énervée, moi ? Hé, si on ne s'énerve pas pour un truc pareil, on s'énerve pour quoi exactement ? Après tout ce que j'ai fait pour elle. Mon problème, c'est que j'ai trop bon cœur. C'est ce qu'on m'a toujours dit. "Ton problème, c'est que t'as trop bon cœur", qu'ils disaient. Et maintenant, t'as vu ce qu'elle dit sur moi ? Et tu la laisses te dire un truc pareil, et t'as honte de dire que t'es mon ami. Remarque, rien ne t'y oblige. Retourne à ta Jeannette, va, et reste avec elle. Tous autant que vous êtes.

– Écoute, ma puce. Est-ce que je n'ai pas toujours été ton ami ? Hein ? Alors, pourquoi tu ne l'écouterais pas, ton ami, juste une…

– Des amis. Des amis. Il est beau, mon lot d'amis. Tous prêts à me couper la gorge. Voilà ce qu'on mérite quand on a si bon cœur. La grosse plouc qui a si bon cœur. C'est tout moi. Je dis merde à l'eau. Je le bois sec. Je gagne ma vie toute seule, je fais mon chemin sans embêter personne, et après ils me tombent dessus, tous autant qu'ils sont. Quand je pense à l'éducation que j'ai reçue, à la maison qu'on avait, et tout, et ces gens-là me font des vacheries, à moi. Bosser toute la journée sans jamais rien demander à personne. Et voilà que j'ai des problèmes cardiaques, en plus. Je ferais aussi bien d'être déjà morte. Je vis pour *quoi* exactement, de toute façon ? Aurais-tu la gentillesse de répondre à cette seule et unique question. Je vis pour *quoi* exactement ? »

Les larmes coulèrent sur ses joues.

L'homme aux cheveux bleu métallique se pencha au-dessus de la nappe imbibée de scotch pour lui prendre la main.

« Ah, écoute, fit-il. Écoute. »

Sorti de nulle part, un serveur apparut. Il se mit à voleter autour de leur table tout en gazouillant. On eût dit qu'il allait sous peu les recouvrir de feuilles mortes…

The New Yorker, 13 février 1926

Le berceau de la civilisation

Les deux jeunes New-Yorkais se prélassaient sur la terrasse couverte accrochée à pic au-dessus de la Méditerranée, le regard plongé dans leurs gin-fizz relevés, façon Côte d'Azur, avec de la menthe. La fille et le garçon étaient vêtus à l'identique sans qu'on les confonde pour autant. On eût dit qu'ils avaient composé leur tenue pour rendre un hommage exhaustif à la région qui les accueillait pour l'été. Pour n'offenser aucune corporation, rien n'avait été oublié : le béret, la marinière rayée, le pantalon large en coton et les espadrilles à semelles de corde. De la même manière, un Français qui aurait passé l'été dans une station balnéaire américaine se serait accoutré d'un sombrero en feutre, d'une salopette de planteur, et de cuissardes en caoutchouc.

Une baie d'eau lisse et silencieuse s'étendait entre leurs dos et l'île vert et blanc où l'homme au Masque de fer s'était fait emprisonner, le visage enveloppé de velours noir, la mort dans l'âme mais plein d'espoir. À leur droite, derrière les longs rochers, s'étendait la ville fondée par les Phéniciens, et au-delà, le fort aux quatre saillants, celui qui, comme le proclamèrent les sages quand Vauban en eut conçu les plans, devait mettre fin à toutes les guerres de tous les temps. Le petit port qui avait accueilli Napoléon à son retour d'Elbe dentelait le littoral sur leur gauche. Loin dans les collines, au-dessus de leurs deux têtes baissées, se dressait la petite ville verticale aux murs de laquelle fut allumé le dernier des relais de feux destinés à faire crépiter jusqu'en Italie la nouvelle annonçant la récente conquête de César sur la Gaule…

« Allez, louloute, fit le jeune homme. Débarrasse-toi de celui-là, qu'on s'en jette un autre. *Oh, garçon. Encore deux jeen feezes, tou de suite*[1].

– Bien monsieur, fit le garçon.

– *And mettez un peu more de jeen in them cette fois, baby*, fit le jeune homme. Vouaaala, mon grand. Jolie petite race jaune, ces Français.

– Ils sont dingues, fit la fille. T'aurais dû voir le zozo avec qui Bill et moi on a eu un accrochage, à quatre heures ce matin, en rentrant du casino. Mon Dieu, on lui a juste cabossé un peu son pare-chocs, on aurait cru qu'on l'avait tué. Il n'arrêtait pas de hurler toutes ces conneries comme quoi y'en a marre de tous ces Américains qui viennent ici. Et Bill, tellement fait qu'il n'y voyait plus rien, qui lui criait dessus : "Oui, et si on n'était pas venus, ici ce serait l'Allemagne aujourd'hui." Je n'ai jamais autant ri de ma vie.

– Et le casino, ça a donné quoi ?

1. Tous les mots en italique sont en français (*sic*) dans le texte. (*N.d.T.*)

– Oh, ça a été. Bill a perdu quatre-vingt-cinq mille francs.

– Ça fait combien ça, en argent ?

– Aucune idée. Dieu sait que les chiffres m'ennuient. On n'est pas restés très longtemps. J'étais au lit à quatre heures et demie.

– Moi, je suis rentré à sept heures. Et je me suis réveillé à onze heures, encore soûl.

– Qu'est-ce que tu as fait toute la nuit ?

– Je ne me rappelle pas grand-chose. J'ai dû aller un peu partout. Je me souviens qu'à un moment, j'ai dirigé un orchestre – ce devait être au "Splendide". Oh, oui, ça me revient. Et Bob Weed a voulu jouer du violon, mais la grenouille de violoniste qu'ils avaient dans l'orchestre n'a pas voulu lui prêter le sien, et le truc s'est cassé dans la bagarre, et la Grenouille a pleuré. Je te jure. Toutes les larmes de son corps. Bob lui a filé cinq cents francs.

– Il est fou. Cent francs auraient largement suffi.

– Sûr, mais Bob était soûl.

– J'adore le "Splendide". On dirait le "Desert Club", à New York.

– Il y avait du beau monde hier soir. Lady Sylvia y donnait une grande fête.

– Elle s'est cuitée ?

– Oh, bien sûr. Comme une vache. C'est une belle fille, nom d'un chien ! Je pourrais essayer de me la faire.

– Tu n'as aucune chance. Elle n'aime que les chauffeurs et les marins. Qui d'autre était là-bas ?

– Oh, *tout le monde*. Toute la clique.

– On aurait dû y aller. Mais Bill ne tenait plus sur

ses jambes. Il ne se serait pas levé de sa chaise, même pour le Président de la France – si tant est qu'il y en ait un.

– C'est Machin-chose Poincaré non ? Ou je ne sais qui.

– Alors là, c'est le cadet de mes soucis. J'ai d'autres chats à fouetter. Hé, regarde. Tu vois cette fille, là-bas ? »

Elle désigna une table avoisinante où étaient assis quatre autres Enfants du Siècle, deux jeunes femmes et deux jeunes hommes, tous avec l'accent de New York, tous vêtus de marinières, de bérets et de pantalons larges.

« Celle qui a oublié de mettre son soutien-gorge ? fit-il.

– Non, celle qui a les pieds sur les genoux du type. Eh bien, c'est elle qui a donné cette soirée fabuleuse, la semaine dernière, où plein de gens se sont soûlés pour ensuite aller se baigner tout nus derrière les rochers. Elle a fait braquer sur eux d'énormes projecteurs. C'est l'idée la plus divine qui soit, non ?

– C'était avant que je descende de Paris. La semaine dernière, j'étais encore en train d'essayer de décoller du bar du Ritz. C'est qui la tapette qui lui sert de repose-pieds ?

– Il écrit, je crois, ou un truc dans le genre. Ça pullule de gens comme ça par ici. J'ai entendu dire que Trucmuche était là l'année dernière – tu sais, celui qui écrit toutes ces pièces. Oh, tu sais bien. Shaw.

– Il devait avoir fière allure, avec sa barbe, quand il a pris le bain de minuit.

– Oh, ils sont tous dingues. Je n'étais pas là l'année dernière. Il paraît qu'il y a du plus beau monde cet été. Tu savais que Peggy Joyce s'était acheté une villa ?

– Cette Côte d'Azur les attire tous. Il est sacrément bien, ce petit trou. Je crois que je vais rester une semaine de plus, si la vie ne me rattrape pas.

– Moi, je commence à en avoir un peu marre. Ces Français me portent sur les nerfs.

– T'en as vu des Français, toi ?

– Oh, on sent bien qu'ils sont partout. C'est très énervant. Ils sont tellements bêtes, ils me rendent malade. Ils ne parlent même pas anglais à la poste. C'est un monde !

– Il faut se les farcir, c'est vrai. Hé, garçon ! Oui vous, le gros dur. *Oh, garçon, encore deux jeen fizzes, and vitez it up a little, s'i' vous plaît.* »

Il se balança en arrière, s'étira de toute sa longueur, et poussa un bâillement arpégé en dodelinant de la tête en rythme. La nappe méditerranéenne attira son attention.

« Hé, mais regarde-moi cette foutue mer d'huile toute bleue. Tu sais comment ils l'appelaient cette mare, avant ? Ils l'appelaient le “berceau de la civilisation”. T'as vu ça : je suis cultivé, hein ?

– Oh, tu m'épateras toujours. »

Elle jeta un œil par-dessus son épaule, vers la mer.

« Je ne crois pas que je retournerai me baigner, ajouta-t-elle.

– Quoi ? fit-il. Pas même dans le berceau de la civilisation ?

– Oh, tais-toi. Je sais déjà que ce sera ton argument pour l'année prochaine. Non, je n'y vais pas. L'eau est pourrie, aujourd'hui.

– Je t'accorde ce point-là. Elle est nulle. »

The New Yorker, 21 septembre 1929

Mais celui à ma droite

Je le savais. Je savais que si je venais à ce dîner, j'allais me retrouver avec ce genre de petite merveille à ma gauche. Ils me le gardent au chaud depuis des semaines. Oh, mais il faut absolument qu'on l'invite – sa sœur s'est montrée si gentille avec nous à Londres ; on n'a qu'à le coller à côté de Mme Parker – elle a bien assez de conversation pour deux. Oh, je n'aurais jamais dû venir. Jamais. Je suis ici contre mon gré. Vendredi, vingt heures trente : Mme Parker contre Son Gré, à statuer. Pas mal, ils pourraient graver ça sur ma tombe : « Où qu'elle se soit rendue – y compris ici – ce ne fut jamais de son plein gré. » Est-ce bien raisonnable de penser à des tombes juste en début de soirée ? Voilà l'effet que mon voisin a sur moi, déjà ! Et la soupe n'est pas encore refroidie. J'aurais dû rester dîner à la maison. J'aurais pu me servir quelque chose sur un plateau. La tête de saint Jean Baptiste par exemple. Oh, je n'aurais jamais dû venir.

Bon. La soupe est finie, c'est déjà ça. Déjà ça qui me rapproche de mon Éternelle Demeure. La soupe fait partie du passé, et j'ai dit en tout et pour tout cinq mots au monsieur à ma gauche. J'ai dit : « Délicieuse soupe, n'est-ce pas ? » ; ça fait cinq mots. Et lui a dit : « Oui, n'est-ce pas ? » ; ce qui fait quatre. Il me bat d'un point.

En tout cas, nous sommes parfaitement d'accord. Nous nous entendons comme deux moutons. Nous avons passé toute la soupe ensemble, et pas un mot de travers entre nous. Ce serait vraiment dommage de changer de sujet, autant s'en tenir à cette admirable harmonie. Je crois bien que je vais remettre le sujet sur le tapis ; je vais lui demander si la soupe n'était pas délicieuse. Il me dit : « Oui, n'était-elle pas ? » Mais regardez-moi ça : parfaite concordance des temps.

Voilà le poisson. Chouette, chouette, chouette, on a du poisson. Je me demande s'il aime le poisson. Oui, il aime le poisson ; il dit qu'il aime le poisson. Ah, tant mieux. J'adore ça chez un homme. Regardez ! Il parle ! Il bavarde à qui mieux-mieux, une vraie pie ! Il me demande si j'aime le poisson. Veut-il vraiment savoir, ou me fait-il marcher ? Mieux vaut jouer la méfiance. Je vais répondre : « Oh, assez. » Oh, j'aime assez le poisson. Voilà un chapitre fascinant de mon autobiographie sur lequel se pencher. Peut-être préférera-t-il y réfléchir en toute tranquillité. Je vais m'esquiver discrètement, et le laisser méditer.

Je pourrais tenter ma chance avec ce que j'ai à ma droite. Non, aucune chance de ce côté-là. Sa voisine de l'autre côté se l'est accaparé. Moi, je n'ai droit qu'à son épaule. C'est une belle épaule, cela dit ; oh, c'est une belle, *belle* épaule. Depuis toute petite, je voue une passion folle aux belles épaules. Très bien, ma petite dame. Gardez-le votre dieu grec, vous l'avez vu la première. Moi je retourne à mon cheval de Troie.

Voyons voir, où en étions-nous ? Oh oui, nous en étions au moment où il me déclarait son amour pour le poisson. Je me demande bien ce qu'il aime d'autre. Est-ce qu'il aime les concombres ? Oui, il aime les concombres. Et les patates ? Oui, il aime les patates, aussi. Ma foi, c'est un sacré vieil amoureux de la Nature, celui-là. C'est tout moi, ça : je sors dîner, et je me retrouve assise à côté du Bon Gars Thoreau. Attendez, il est en train de me dire quelque chose. Ma parole, les mots jaillissent hors de lui. Il me demande si j'aime les patates. Non, je n'aime pas les patates. Aïe ! Ça y est ! J'ai créé un différend. C'est notre première dispute. Il sombre dans un silence boudeur. Petit sot, aurais-je crevé ta bulle ? Tu croyais que je n'étais qu'une poupée peinte au cœur en sciure de bois ? Ah, ne le prends pas comme ça. Écoute, j'ai quelque chose à te dire qui va te redonner la foi. J'aime les concombres. Ma parole, il se sent déjà mieux. Il se remet à parler. Oui, il les aime aussi, dit-il. Voilà, comme ça, tout est arrangé, Dieu merci. Nous aimons tous les deux les concombres. Seulement, lui les aime deux fois plus.

Je ferais mieux de le laisser tranquille maintenant ; il faut qu'il se nourrisse. Il faut absolument qu'il reprenne des forces. Il a parlé à s'en étourdir.

Si seulement j'avais quelque chose à faire. Je déteste rester comme ça sans rien faire. Les gens devraient vous prévenir quand ils vont vous asseoir à côté d'un truc pareil pour que vous puissiez apporter de quoi vous occuper. Chère Mme Parker, soyez s'il vous plaît des nôtres à dîner vendredi prochain, et n'oubliez pas vos ouvrages en retard. J'aurais pu apporter le tiroir du dessus de mon bureau ; ça aurait été l'occasion d'y mettre un peu d'ordre, ici, sur mes genoux. Ou bien l'album photo, histoire d'y coller enfin les photos de toute la bande sur la plage. Je me demande si mon hôtesse trouverait ça bizarre que je lui demande un jeu de cartes. Je me demande s'il n'y aurait pas une vieille édition du *St. Nicholas* dans les parages. Je me demande s'ils n'auraient pas besoin d'un petit coup de main à la cuisine. Je me demande si ça ne ferait pas plaisir à quelqu'un que je fasse un saut au coin de la rue pour acheter un journal du soir.

Bien sûr, je peux toujours boire, toute seule dans mon coin. Il y a toujours cette possibilité. Oh là, là, là, il y a toujours cette possibilité. Mais je ne veux pas boire. J'aurais le *vin triste*[1]. Rien que d'y penser, ça me rend mélancolique. Qu'est-ce qu'il dirait, le gros balourd à ma gauche, si je lui disais que c'est bien parti pour que j'aie le *vin triste*. Oh, regardez-le qui sarcle son poisson ! Qu'est-ce que ça peut lui faire que j'aie le *vin triste* ou non ? Son esprit ne saurait s'élever au-delà de ce qui se mange. Purement physique, voilà ce qu'il est. Creuse sa tombe avec ses dents, voilà ce qu'il est en train de faire. Yah, yah, ya-ah !

Il s'en fout si j'ai le *vin triste*. Tout le monde s'en

1. En français dans le texte. (*N.d.T.*)

moque. Tout le monde s'en fout. Et moi, si gentille. Très bien, bande de bourriches, je vais me soûler à mort, juste devant vos yeux, et je verrai bien ce que ça vous fait. C'est parti... Oh, mon Dieu, c'est du chablis. Et de l'année où les raisins ont failli, quand ils ont utilisé de la courgette à la place. Quinze dollars seulement pour tout ce que vous serez capable de rapporter sur vos épaules. Oh, mais dites-moi, d'où je viens, c'est avec ça qu'on nourrit les cochons. Je crois que je vais demander au vieux Moulin à Paroles à ma gauche si c'est pas du vin pourri, ça. Rien de tel pour relancer notre petite scolastique dialectique. Oh, il dit que vraiment, il ne saurait dire – Monsieur ne touche jamais au vin. Eh bien, voilà qui clôt joliment le sujet. Et ça lui dirait d'aller en enfer, par hasard ? Yah, yah, ya-ah ! Touche jamais au vin-hein ! Sais pas ce que tu perds-reuh ! Yah, yah, ya-ah !

Je ne vais plus lui adresser la parole. Je ne vais pas passer le restant de mes jours à jeter des perles aux pourceaux. Je vais me contenter de mon chablis, aussi pourri soit-il. À partir de maintenant, il n'a qu'à aller faire sa vie. Moi je fais la mienne. Je suis mieux que tout le monde à cette table. Ah, mais le suis-je vraiment ? Après tout, ai-je la moitié de ce qu'ils ont ? Je suis là, toute solitaire, toute non-désirée, toute silencieuse ; moi qui ai sorti mes habits tout neufs. Oh ! Et Louiseboulanger, qu'est-ce qu'elle dirait si elle voyait son lamé doré passer aussi inaperçu ? C'est la vie, j'imagine. Pauvres petites choses que nous sommes. Nous nous habillons, nous bâtissons des plans, nous espérons – et pour quoi exactement ? C'est quoi la vie, d'abord ? Une sentence de mort.

Le chemin le plus long entre deux points. La botte de foin attachée au nez de la mule fatiguée. La…

Tiens, tiens, tiens, nous voilà à l'*entrecôte*[1]. Reboutonne ton *entrecôte* quand il fait froid… non, c'est pas ça. Alors là, plutôt mourir que de demander au vieux Loquace s'il aime la viande. D'abord, ce qu'il aime et ce qu'il n'aime pas, je m'en fous. Et puis – tiens, regardez comme il y va ! Il a dû bien se dépenser cet après-midi ; il a faim le Fifils à sa Maman, ce soir. Oh, qu'il se débrouille tout seul, tiens. Moi, j'évolue dans de plus hautes sphères. Je ne m'abaisserai pas à ça. Il compte moins que la poussière sous la roue de mon carrosse. Yah, yah, ya-ah ! Moins que la poussiè-reuh ! Avant que ce ne soit mon tour. Yah, yah, ya-ah !

Je suis bien contente qu'il y ait du vin rouge à présent. Même s'il n'est pas bon, je suis bien contente. Le vin rouge me donne du courage. La Conquête du Courage[2]. J'ai besoin de courage. Je suis sur la corde raide, ici. Personne ne sait à quel point je passe un moment abominable. Ma précieuse soirée, qui ne reviendra jamais, ruinée, ruinée, ruinée, et tout ça à cause du Monologueur de Service à ma gauche. Mais il ne m'aura pas. La nuit ne se meurt pas encore, ni n'est mourante. Vous savez, ce vin n'est vraiment pas si mauvais que ça.

Dites, à votre avis, que se passe-t-il avec le Dieu Grec à ma droite ? Ah, peine perdue. Je n'ai toujours

1. En français dans le texte. (*N.d.T.*)

2. Traduction française de *The Red Badge of Courage*, de Stephen Crane, 1895. (*N.d.T.*)

droit qu'à l'épaule – la jolie, *jolie* épaule. Je me demande à quoi elle ressemble, la femme qui se l'est accaparée. Impossible de la voir. Je me demande si elle est belle. Je me demande si elle est grecque, elle aussi. Où le Grec rencontre Le Corps Immuable – on doit pouvoir faire quelque chose de ça, encore faut-il en avoir le temps. Il faut que j'arrête d'être aussi molle. Ne pensez pas une seule minute, ma petite dame, que j'aie laissé tomber. Il se sert encore de son couteau et de sa fourchette. Tant que ses mains restent au-dessus de la table, c'est qu'il y a de l'espoir.

Non, mais vraiment, j'imagine que, eu égard à mon hôtesse, je suis obligée de dire quelque mots à cet ara à ma gauche. Tiens, et si j'essayais : Avez-vous lu quelque chose d'intéressant ces derniers temps, allez-vous souvent au théâtre, avez-vous jamais été sur la Côte d'Azur ? Je me demande si ça l'intéresserait que je lui raconte mon été sur la Côte d'Azur. Jamais de la vie, sans diapositives, ça n'a aucun intérêt. Quoique. Si je commence à lui raconter Cette Nuit-Là, je parie qu'il m'écoutera. Non, je ne vais pas lui raconter – il ne comprendrait rien. Quelqu'un qui ne touche jamais au vin ne peut pas écouter ça. Mais celui à ma droite… ça lui plairait. Il touche au vin, lui. Et comment ! Il vient de le descendre redoutablement.

Oh, regardez, Bouche d'Or est reparti ! Ma parole il est ivre de lui-même ! Il se lâche complètement. Il me demande si j'aime la salade. Oui, j'aime la salade ; qu'est-ce qu'il en dit ? Il me parle d'évolution de la salade à travers les âges. Il dit que c'est si bon pour la santé. De grâce, Dieu, aidez-moi, s'il me fait un cours sur les légumineuses, je lui mets une claque. Si c'est pas l'histoire de ma vie, ça : me retrouver là, habillée sur mon trente et un, forcée d'écouter cette chose qui me parle de romaine ? Et pendant tout ce temps-là, juste à ma droite…

Ma parole, j'ai cru que vous n'alliez jamais vous retourner… Vous non plus ?… Vous aussi ? Oh, Seigneur, je passe un moment atroce, moi aussi… Elle ?… Ma foi, si vous aviez vu ce que j'ai dû me coltiner… Oh, je ne vois pas comment nous pourrions… Oui, je sais que c'est horrible, mais comment nous esquiver ?… Euh… Euh, oui, c'est vrai… Écoutez, juste après le dîner, je dirai que j'ai un horrible mal de tête, et vous n'aurez qu'à dire que vous me ramenez chez moi dans votre voiture, et…

The New Yorker, 19 octobre 1929

Conseils à la petite Peyton

Le regard de Miss Marion était doux et impassible sous ses bandeaux de cheveux couleur miel, et sa bouche dessinait une courbe délicate. On eût dit qu'elle avait la blancheur soyeuse des nénuphars qu'elle avait mis à flotter dans le bol en verre bleu sur la table basse. Son salon n'était que pâles couleurs claires, surfaces sombres satinées, et douce lumière tamisée par du parchemin – sourd au monde entier et assombri pour mieux réhausser la pâleur lumineuse de son teint et la douceur gracieuse de ses vêtements. Un vrai sanctuaire aux yeux de la petite Peyton ; et la voix de Miss Marion, si apaisante, comme l'eau qui coule d'un ruisseau ; et les mots de Miss Marion, comme deux mains fraîches posées sur son front.

Avant même qu'elle s'y fût décidée, la petite Peyton lui avait déjà confié tous ses soucis. C'était, suivant l'attention qu'on voulait bien lui porter, la sotte inquiétude d'une petite fille, ou l'expression de la pire angoisse humaine. Depuis deux semaines, la petite Peyton n'avait pas vu le jeune Barclay. Il s'était mis à s'intéresser à d'autres filles.

« Que dois-je faire, Miss Marion ? » fit la petite Peyton.

Les yeux de Miss Marion, sombres de compassion, se posèrent sur le petit visage inquiet.

« Tu l'aimes à ce point, Sylvie ? fit-elle.

– Je… oui, vous savez, je… et elle s'arrêta pour avaler sa salive. C'est trop horrible quand il n'est pas là ; c'est trop horrible. Vous savez, on se voyait tous les jours – tous les jours, tout l'été. Et il me téléphonait toujours, quand il arrivait chez lui, même s'il m'avait quittée dix minutes plus tôt. Et il me téléphonait toujours dès qu'il se réveillait, pour me dire bonjour et me dire qu'il arrivait. Tous les jours. Oh, Miss Marion, vous ne pouvez pas savoir comme c'était mignon.

– Si, fit Miss Marion. Je sais, ma chérie. Je sais, Sylvie.

– Et puis après, plus rien. Comme ça, tout d'un coup, c'était fini.

– Tout d'un coup, vraiment, Sylvie ? fit Miss Marion.

– Enfin… » Elle esquissa un petit sourire. « En fait, un soir, il est venu à la maison ; on a passé la soirée assis sous le porche, et après, quand il est rentré chez lui, il ne m'a pas appelée. J'ai attendu, attendu. J'ai… je ne vous dis pas comme c'était horrible. Vous pensez sûrement que ce n'était pas si grave qu'il ne m'appelle pas. Mais c'était grave.

– Je sais que c'était grave, fit Miss Marion. C'est grave.

– Je n'arrivais pas à m'endormir, je n'arrivais à rien faire. Il était… oh, il devait être deux heures et demie du matin. Je n'arrivais pas à imaginer ce qui avait pu se passer. Je me disais qu'il avait eu un accident de voiture ou je ne sais quoi.

– Je me demande si c'est vraiment ce que tu t'es dit, ma chérie, fit Miss Marion.

– Mais enfin, bien sûr que si, je… mais elle fit signe que non de la tête. On ne peut rien vous cacher, Miss Marion. Non, je… enfin, en fait, il y avait une soirée dansante au club et on s'était vaguement dit qu'on irait, seulement je… enfin, je n'avais pas très envie d'aller à une soirée dansante ; je préférais qu'on reste tous les deux. Alors, ce que je me suis dit, j'imagine, c'est qu'il était allé à la soirée dansante après m'avoir quittée. Et n'en pouvant plus, je l'ai appelé.

– Oui, fit Miss Marion. Tu l'as appelé. Quel âge as-tu, Sylvie ? Dix-neuf ans, c'est ça ? Moi je connais des femmes de trente-neuf ans qui commettent exactement les mêmes erreurs. C'est bizarre. Et il était chez lui quand tu l'as appelé ?

– Oui. Je… enfin, je l'ai réveillé, en fait, et il n'était pas très content. Je lui ai demandé pourquoi il ne m'avait pas appelée, et il… il m'a dit qu'il n'y avait aucune raison qu'il m'appelle, qu'on avait passé toute la soirée ensemble, qu'il n'avait rien à me dire. Et qu'il n'était pas allé à la soirée dansante. Sauf que moi… en fait, je croyais que si. Je… je ne l'ai pas cru. Alors j'ai pleuré.

– Il t'a entendue pleurer ? fit Miss Marion.

– Oui. Il a dit… oh, excusez-moi, Miss Marion…

il a dit : “Oh, pour l’amour de Dieu !” et il a raccroché. Ça, je n’ai pas pu le supporter, qu’il ne me dise pas bonsoir ni rien, alors je… je l’ai rappelé.

– Oh, ma pauvre enfant ! fit Miss Marion.

– Il m’a dit qu’il était désolé d’avoir raccroché, et que tout allait bien. Sauf que moi, je lui ai redemandé s’il avait été à la soirée dansante, en le suppliant de me dire la vérité. Et là, il… oh, il m’a horriblement mal parlé, Miss Marion. Je serais incapable de vous le répéter.

– Inutile, ma chérie, fit Miss Marion.

– Alors après… oh, je ne comprends pas… on a continué comme avant, tous les jours, pendant un moment. Et ensuite, très souvent il ne m’appelait pas, et puis certains jours il ne venait pas… il jouait au tennis et tout avec d’autres gens. Et puis Kitty Grainger est revenue de Dark Harbor, et je… j’imagine qu’il a dû aller souvent chez elle. Ils y vont tous.

– Lui as-tu dit que tu n’aimais pas ça ? fit Miss Marion.

– Oui, je le lui ai dit, Miss Marion. Je n’ai pas pu m’en empêcher… ça me rendait tellement folle. Elle est terrible, cette fille ; elle est vraiment terrible. Ma parole, elle embrasserait *n’importe qui*. C’est le genre à toujours s’éclipser des soirées et à aller sur le terrain de golf avec un garçon et à ne pas revenir pendant des heures. C’est bien simple, ça me rendait malade, qu’il préfère être avec elle qu’avec moi. Honnêtement, ça aurait été moins grave si c’était une fille vraiment belle, une fille mille fois plus attirante que moi. Ça n’aurait pas été si grave, pas vrai, Miss Marion ?

– Je ne sais pas, ma chérie, fit Miss Marion. J’ai

bien peur qu'on n'accepte jamais qu'un homme nous quitte pour une femme mieux que nous. Mais Sylvie… il ne faut *jamais* souligner les imperfections de ses amis.

– Je n'ai pas pu m'en empêcher. Alors en fait, on s'est terriblement disputés. Kitty Grainger et sa bande d'amis… ma parole, c'est du pareil au même ! Du coup, on a commencé à se voir de moins en moins ; et en fait, à chaque fois qu'il venait me voir j'avais tellement peur que ce soit la dernière fois, que, ben, je ne devais pas être très marrante. Je n'arrêtais pas de lui demander ce qui n'allait pas, pourquoi il ne venait plus me voir tous les jours comme avant, et il me disait qu'il n'y avait rien qui n'allait pas. Sans arrêt, je lui demandais si c'était quelque chose que j'avais fait, et il disait que non, bien sûr que non. Je vous assure, il disait ça, Miss Marion. Et maintenant… ben, je ne l'ai pas vu depuis deux semaines. Et je n'ai pas eu de ses nouvelles. Et… et je crois que je ne peux pas le supporter. Je vous en prie, Miss Marion… Mais enfin, il a bien dit qu'il n'y avait rien qui n'allait pas. Je ne pensais pas que c'était possible de voir quelqu'un tous les jours, tout le temps, et qu'ensuite, ça puisse tout simplement s'arrêter. Je ne pensais pas que c'était possible que ça s'arrête.

– Ne craignais-tu pas que ça puisse arriver, Sylvie ? fit Miss Marion.

– Oh, les dernières fois que je l'ai vu, si. Et… en fait, depuis le début, aussi. C'était tellement bien, je me disais que c'était trop merveilleux pour que ça dure. Il est tellement séduisant et tout, j'avais toujours peur des autres filles. Je le lui disais – oh, j'en étais sûre qu'il allait me laisser tomber ! Mais si je disais ça, c'était en l'air. Enfin, pas vraiment, en même temps.

– Tu sais, Sylvie, les hommes ont horreur des prophéties funestes, fit Miss Marion. Je sais que Bunny Barclay n'a que vingt ans, mais les hommes ont tous le même âge. Et ils détestent tous la même chose.

– Ah, ce que j'aimerais être comme vous, Miss Marion. J'aimerais tant savoir comment m'y prendre. J'ai tout raté, j'imagine. Mais quand même, il l'a *dit* qu'il n'y avait rien qui n'allait pas ! Vous ne pouvez pas savoir comme c'est affreux de ne pas pouvoir lui parler maintenant. Si seulement on pouvait faire le point, si seulement on pouvait tirer les choses au clair, je crois que…

– Non, ma chérie, fit Miss Marion. Les hommes détestent tirer au clair le désagréable. Ils détestent faire le point. Laisse le passé mourir, mon enfant, ne te retourne pas sur sa tombe immaculée et poursuis gaiement ton chemin. Souviens-toi de cela quand tu reverras Bunny, Sylvie. Fais comme si vous aviez ri ensemble une heure plus tôt.

– Mais peut-être que je ne le reverrai jamais. Il n'y a pas moyen de l'approcher. Je l'ai appelé, je l'ai appelé, je l'ai appelé. Ma parole, je l'ai appelé trois fois aujourd'hui ! Il n'est jamais là. Tout de même, il ne peut pas être *toujours* sorti, Miss Marion. En général, c'est sa mère qui répond. Et même si ce n'était pas vrai, elle me dirait qu'il est sorti. Elle me déteste.

– Non, mon enfant, fit Miss Marion. Quand on est malheureux, c'est facile de penser que le monde est hostile ; surtout cette partie du monde qui entoure immédiatement la cause de notre malheur. Mais non, Mme Barclay ne te déteste pas, Sylvie. Comment pourrait-elle ?

– Ben, elle me dit toujours qu'il est sorti, et elle ne sait jamais à quelle heure il va rentrer. Peut-être que c'est vrai. Oh, Miss Marion, pensez-vous que je le reverrai un jour ? En vrai ?

– Oui, je pense, fit Miss Marion. Et il me semble que c'est ce que tu penses aussi, ma chérie. Bien sûr que tu vas le revoir. Ne vas-tu donc pas au club jouer au tennis ?

– Ça fait des lustres que je n'y suis pas allée. Je ne suis allée nulle part. Ça rend Maman complètement folle, mais je n'ai pas envie de sortir. Je… je ne veux pas le voir avec Kitty et Elsie Taylor et toute cette bande. Je sais qu'il traîne avec l'une ou avec l'autre… les gens me le disent. Ils me disent : "Mais qu'est-ce qui se passe entre Bunny et toi ? Vous vous êtes disputés ?" Et quand je leur dis qu'il n'y a rien qui ne va pas, ils me regardent avec un air bizarre. Mais tout de même, il l'a dit qu'il n'y avait rien qui n'allait pas ! Ah, pourquoi a-t-il dit ça, Miss Marion ? Il ne le pensait pas ?

– Je crains que non, fit Miss Marion.

– Alors c'est quoi ? Oh, s'il vous plaît, dites-moi ce que je dois faire. Dites-moi comment vous faites, pour que tout le monde vous aime tant. Vous devez tout savoir, Miss Marion. Je ferai tout ce que vous me direz. Mon… oh, mon cœur a fait un bon, quand vous m'avez dit que vous pensiez que j'allais le revoir. Pensez-vous que… qu'un jour, peut-être, ce sera comme avant entre nous ?

– Ma chère Sylvie, fit Miss Marion. Écoute. Oui, je pense que Bunny et toi serez proches à nouveau, mais c'est à toi d'y arriver. Et ce ne sera pas facile, mon enfant. Ce ne sera pas rapide. Tu ne feras pas revenir l'amour par enchantement. Tu dois te doter de deux choses… de patience et de courage ; et la première est beaucoup plus dure à maîtriser que la seconde. Tu dois attendre, Sylvie, et c'est une rude épreuve. Tu ne dois plus lui téléphoner, quoi qu'il arrive. Les hommes ne peuvent pas admirer une fille qui… ma foi, le mot est sévère, mais je me dois de te le dire… les traque. Tu dois retourner à tes amis, et sortir avec eux. Tu ne dois pas rester à la maison à prier que le téléphone sonne… non, chérie. Sors et sois gaie, et la gaieté viendra à toi. N'aie pas peur que tes amis te posent des questions ou qu'ils te regardent bizarrement ; tu ne leur donneras aucune raison de le faire. Et les gens ne disent pas vraiment de choses cruelles, chérie ; ce qui blesse la fierté, c'est qu'ils anticipent.

» Et quand tu reverras Bunny, il faut que tu aies complètement changé. Parce qu'il y a bel et bien un problème, quoi qu'il en dise ; un sérieux problème. Tu lui as montré à quel point tu as de l'affection pour lui, Sylvie, tu lui as montré toute l'importance qu'il a pour toi. Les hommes n'aiment pas ça. Tu t'imagines qu'ils trouvent ça mignon ; détrompe-toi. Tu dois être légère et facile, car la facilité, c'est le désir de tous les hommes. Parle-lui gaiement et gracieusement quand tu le verras, et ne donne pas le moindre indice de la peine qu'il t'a causée. Les hommes détestent ce qui leur rappelle la tristesse. Et il ne doit jamais y avoir de reproches, et jamais, jamais,

jamais ne doit-il y avoir de “terribles disputes”. Rien n’embarrasse plus un homme que de voir une femme perdre sa dignité.

» Et tu dois surmonter tes peurs, chère enfant. Une femme qui a peur pour son amour ne peut rien faire de bien. Sois certaine qu’il voudra parfois s’isoler de toi ; ne lui demande jamais pourquoi, ni où il va. Aucun homme ne saurait le supporter. Ne prédis jamais le malheur, ni ne pressens aucune séparation ; il ne filera pas entre tes doigts si tu ne le laisses pas voir que tu le tiens. L’amour, c’est comme du mercure dans la main, Sylvie. Garde-la ouverte, il te restera dans la paume ; resserre ton étreinte, il te filera entre les doigts. Sois, par-dessus tout, toujours calme. Fais en sorte que ta compagnie soit apaisante.

» Jamais, au grand jamais, ne le fais se sentir coupable, quoi qu’il ait fait. S’il ne t’appelle pas quand il a dit qu’il le ferait, s’il est en retard à un rendez-vous avec toi, n’y fais jamais allusion. Fais-lui sentir que tout va bien, toujours. Sois douce et gaie, et toujours, toujours calme.

» Et fais-lui confiance, Sylvie. Il ne blesse jamais délibérement. Il ne le fera jamais à moins que tu ne le lui suggères. Aie confiance en toi, aussi. Ne sois jamais anxieuse. Je sais que tu ne veux que lui, aussi cela peut-il te sembler une impudence de te rappeler qu’il existe d’autres garçons ; mais c’est là une pensée réconfortante. Il ne doit pas savoir qu’il est le soleil, qu’il n’y a pas de vie sans lui. Il ne doit plus jamais le savoir.

» La traversée sera longue, Sylvie, et pénible, et tu devras faire attention à chacun de tes pas. Mais c’est la seule manière de s’y prendre avec un homme.

– Je vois, Miss Marion », fit Sylvie. Pendant tout ce temps, elle avait gardé les yeux rivés sur ceux de Miss Marion. « Je vois ce qu'il faut faire. Ce… non, ce n'est pas facile. Mais si ça marche…

– Ça marche comme ça depuis toujours, chérie », fit Miss Marion.

On eût dit que le visage de la fille avait vu le soleil se lever.

« Je vais essayer, Miss Marion, fit-elle. Je vais essayer de ne plus me tromper. Je vais essayer… enfin, je vais essayer d'être comme vous, et là il m'aimera forcément. Ce serait tellement merveilleux d'être comme vous : d'être sage, d'être adorable, d'être gentille. Les hommes doivent vous adorer. Vous êtes… oh, vous êtes la perfection même. Comment faites-vous pour toujours savoir exactement ce qu'il faut faire ? »

Miss Marion sourit.

« Eh bien, tu vois, fit-elle, j'ai eu plusieurs années de plus que toi pour m'entraîner. »

Quand la petite Peyton fut partie, Miss Marion erra lentement dans la gracieuse chambre, arrangeant une fleur par-ci, déplaçant un magazine par-là. Mais son regard n'accompagnait pas ses doigts pâles, et ses pensées semblaient loin de ses futiles activités. À un moment, elle regarda sa montre à son poignet et poussa un petit cri ; et ensuite elle la consulta si fréquemment que la petite aiguille n'eut guère l'opportunité de bouger, entre chacun de ses coups d'œil. Elle alluma une cigarette, la tint devant elle pour admirer les volutes de fumée, puis l'écrasa brusquement. Elle s'assit sur une chaise basse, se releva aussitôt et se dirigea vers le sofa, puis retourna sur la chaise. Elle ouvrit un grand magazine au papier glacé, mais ne tourna aucune page. Sous ses bandeaux de cheveux couleur miel, son front blanc était soucieux.

Brusquement, elle se leva de nouveau, posa le magazine et, d'un pas vif et ferme, qui n'était pas de son habitude, elle traversa la pièce prestement, jusqu'au grand bureau où se trouvait le téléphone. Elle composa un numéro, dans un cliquetis de déchirements sonores.

« Pourrais-je parler à Mr. Lawrence, s'il vous plaît ? fit-elle, après quelques secondes. Ah, non ? Ah. Vous êtes sa secrétaire ? Pourriez-vous me dire quand il sera là, s'il vous plaît ? Ah, je vois. Alors, s'il revient, pourriez-vous s'il vous plaît lui dire d'appeler Miss Marion ? Non, Marion. Non, c'est tout… c'est le nom de famille. Oui, il connaît le numéro. Merci beaucoup. »

Miss Marion remit le combiné en place et s'assit en fixant des yeux le téléphone comme s'il l'avait offensée. Elle se mit à parler à haute voix, mais ni le ton, ni les mots ne semblèrent les siens.

« Maudite femme. Elle sait fichtrement bien comment je m'appelle. Rien que parce qu'elle me déteste… »

Durant les quelques minutes qui suivirent, Miss Marion arpenta la pièce de si vive allure qu'on eût dit qu'elle courait presque. Sa gracieuse robe était si peu adaptée à une telle démarche qu'elle traîna par terre et s'enroula autour de ses chevilles. Comme elle se dirigeait à nouveau vers le téléphone, son visage s'empourpra d'une couleur qui lui était étrangère et sa main trembla quand elle composa le numéro.

« Pourrais-je parler à Mr. Lawrence, s'il vous plaît ? Ah, toujours pas ? Alors pourriez-vous s'il vous plaît me dire où je peux le joindre ? Ah, vous ne savez pas. Je vois. Avez-vous la moindre idée s'il sera là plus tard ? Je vois. Merci. Alors, s'il revient, auriez-vous l'obligeance de bien vouloir lui dire d'appeler Miss Marion ? Oui, Marion... Cynthia Marion. Merci. Oui, j'ai déjà téléphoné. Dites-lui bien de m'appeler, voulez-vous ? Merci beaucoup. »

Lentement, Miss Marion raccrocha le combiné. Lentement, ses épaules s'affaissèrent, et son corps délicat et longiligne sembla perdre chacun de ses os. Peu après, ses bras se retrouvèrent sur le bureau et son visage s'y enfouit. Ses beaux bandeaux de cheveux se défirent et partirent en bataille tandis qu'elle roulait la tête d'un côté à l'autre. On eût dit que la chambre plongeait dans l'obscurité, comme pour se retirer derrière le son de ses sanglots. Des mots se mêlèrent confusément aux gémissements dans sa gorge.

« Oh, il a dit qu'il appellerait, il a dit qu'il appellerait. Il a dit qu'il n'y avait rien qui n'allait pas, il a dit que *bien sûr* il appellerait. Oh, il l'a dit. »

L'enchevêtrement de sons étouffés mourut peu à peu, et elle resta silencieuse et immobile pendant un moment avant de lever la tête et de se saisir du téléphone. Elle fut contrainte de s'arrêter à deux reprises tandis qu'elle composait le numéro, pour sécher les larmes de ses yeux et y voir clair. Quand elle se mit à parler, sa voix trembla et puis s'élança.

« Pourrais-je parler à Mr. Lawrence, s'il vous plaît ? »

Harper's Bazaar, février 1933

Le dîner de corbeau

C'était l'année de toutes les folies, l'année où les choses qui auraient dû suivre leur cours normalement partaient dans tous les sens. C'était l'année où il avait neigé à gros flocons, et ce jusqu'en avril ; l'année où les panneaux publicitaires montraient des jeunes femmes en short photographiées en train de se faire dorer au soleil dans Central Park en plein mois de janvier. C'était l'année où, alors que la plus riche des nations était en pleine prospérité, vous ne pouviez pas faire cinq pâtés de maisons sans vous faire harceler par les mendiants ; l'année où rien n'était moins surprenant que de voir les dames de la haute se donner en spectacle, sans vergogne, dans les lieux publics ; l'année où les comptoirs des drogueries croulaient sous les piles de tablettes tranquillisantes et autres succédanés euphorisants. C'était l'année où, tandis qu'elles trônaient sur leur piédestal à seulement deux centimètres des saintes, mesdames les épouses – véritables arbitres de l'étiquette, hôtesses vénérées, architectes de menus mémorables – se sont soudain emparées de leur sac de voyage et de leur coffret à bijoux pour s'envoler vers le Mexique au bras de jeunes hommes ambigus amis des arts ; l'année où, messieurs les maris, alors qu'ils rentraient tous les soirs non seulement à la même heure, mais à la même minute de cette même heure, sont rentrés un soir de plus, ont dit quelques mots à la porte, et puis ont tourné les talons pour ne plus jamais franchir leur seuil.

Si Guy Allen avait quitté sa femme à un autre moment, l'intérêt qu'elle aurait dû susciter chez ses amies n'aurait sans doute jamais tari. Mais en cette année de folie, tant de barques conjugales s'étaient échouées aux côtés du radeau de Norman[1] que les amies en question connaissaient les récits de naufrages par cœur. Au début, elles s'étaient précipitées telles des ouailles à son chevet et avaient usé au mieux de leur savoir-faire en la matière pour panser ses blessures. Elles avaient mordu leur langue de chagrin et secoué leur tête d'effarement ; elles avaient diagnostiqué Guy Allen en le donnant pour fou ; elles avaient échafaudé toutes sortes de généralisations détonantes sur les hommes, sale tribu ; elles avaient convaincu Maida Allen que nulle autre femme aurait su donner autant à un homme et compter autant

1. Dorothy Parker cite un vers du poème de Henry Wadsworth Longfellow (1807-1882), *The Wreck of the Hesperus* (1842), ou *Le Naufrage de l'Hesperus*, qui va ainsi :

Christ save us all from a death like this,
On the reef of Norman's Woe ! (st. 22)

ou encore :

Christ épargnez-nous une telle mort,
À bord du radeau des Malheurs de Norman. (*N.d.T.*)

pour un homme ; elles lui avaient pris la main et promis : « Oh, il reviendra – vous verrez ! »

Mais le temps passa, et Mme Allen ne démordit pas, elle qui ne s'était jamais montrée aussi fidèle à un même sujet de conversation – réitérant sans cesse son histoire, celle du mal désespérant qu'elle avait subi, elle qui était si irréprochable. Ses amies ne trouvèrent plus la force de roucouler leurs condoléances au rythme de son récital ; son histoire les avait éreintées – celle-ci et d'autres semblables. C'est une vérité terrible à dire, mais les sagas des désertées manquent déplorablement de variété. Le jour arriva, en effet, où l'une de ces femmes reposa brutalement sa tasse de thé sur la table, se dressa sur ses pieds, et hurla : « Pour l'amour de Dieu, Maida, parlez d'autre chose ! »

Mme Allen ne fréquenta plus cette femme. Elle vit de moins en moins ses amies, d'ailleurs, bien que ce fût davantage de leur fait que du sien. Mais les amies en question n'éprouvèrent aucune fierté à la délaisser ainsi ; c'était déroutant de s'apercevoir que l'angoisse pouvait avoir quelque chose de cruellement ennuyeux.

Elles tentèrent – une fois chacune – de l'inviter à leurs charmants petits dîners, pour la sortir d'elle-même. Mais Mme Allen ne s'y rendait jamais sans sa tête du roi Arthur, et l'érigeait, pour ainsi dire, en plein milieu de la table. Sinistre décoration de table. De nombreux invités mâles furent alors pourvus, tous étrangers à son cercle de connaissances. Heureux de rencontrer une jolie et nouvelle tête, ceux-ci s'autorisèrent quelques petites sorties flirteuses. En retour, Mme Allen les invita à sa tragédie, en déclamant, une fois passée la salade et jusqu'à la mousse au moka, la tirade de ses talents prouvés d'épouse, d'amie et d'amante, soulignant d'un rire cynique tout le bienfait que ça lui avait apporté. Une fois les convives partis, l'hôtesse de maison devait misérablement accepter l'ultimatum de l'invitée quant à ceux qui ne devaient plus jamais être reçus.

Les amies de Mme Allen continuèrent pourtant de l'inviter, en la priant de se joindre à leurs grandes soirées-cocktails – le genre d'obligations sociales qui attire les foules –, dans l'idée qu'elle ne parviendrait pas à faire entendre sa douce voix dans le brouhaha, si bien que ses soucis non-dits sauraient, pour une fois, être non-pensés. Mais à peine Mme Allen faisait-elle son entrée qu'elle se précipitait sur le cercle de ceux qui l'avaient connue, elle et son mari ensemble, pour leur demander s'ils n'avaient pas vu Guy. Si c'était le cas, elle leur demandait aussitôt comment il allait. S'ils disaient : « Ma foi, très bien », elle leur offrait, en guise de réponse, un sourire indulgent, et s'éloignait. Ses amies furent alors contraintes de laisser définitivement tomber.

Mme Allen méprisa leur attitude. Ces créatures-là se valaient toutes : on ne pouvait compter sur elles que par beau temps. Et Mme Allen se félicita d'avoir su les percer à jour à temps – à temps pour quoi, elle ne le disait jamais. Mais cette question-là, personne ne la lui posait, car elle soliloquait. Elle avait commencé à prendre cette habitude à force d'arpenter les pièces silencieuses de son appartement jusque tard dans la nuit, et à présent elle s'y adonnait dans les rues, au cours de ses promenades quotidiennes. C'était l'année où l'on croisait nombre de soliloqueurs sur les trottoirs, et tant qu'ils ne se mettaient pas à hurler ou à faire de grands gestes, les piétons ne se retournaient pas sur leur passage.

Un mois passa, puis deux mois, enfin bientôt quatre, sans qu'elle ait eu, de vive voix, la moindre nouvelle de Guy Allen. Quelques jours à peine après son départ, il avait téléphoné à l'appartement et, après s'être enquis de la santé de la bonne qui avait décroché (il savait s'y prendre à merveille avec le personnel), il avait demandé qu'on lui fasse suivre son courrier à son club, où il logeait. Plus tard, ce jour-là, il avait envoyé son valet de chambre rassembler ses vêtements, et les lui rapporter. Ces incidents avaient eu lieu alors que Mme Allen était sortie ; il ne l'avait pas mentionnée une seule fois, ni auprès de la bonne, ni par l'intermédiaire du valet, et cela lui avait causé bien du souci. En tout cas, s'était-elle dit, au moins elle savait où il était.

Le premier de chaque mois, elle recevait un chèque, du montant habituel, pour ses dépenses domestiques et personnelles. Lc loyer était vraisemblablement envoyé directement au propriétaire de l'immeuble, car on ne le lui avait jamais réclamé. Les chèques qu'elle recevait ne venaient pas de Guy Allen en personne ; c'étaient des mandats du banquier de Guy Allen, un gentleman courtois aux cheveux blancs. Elle leur trouvait la même froideur que s'ils avaient été rédigés à la plume d'oie. Mis à part les chèques, il ne venait rien qui aurait pu indiquer que Guy et Maida Allen étaient mari et femme.

Pour Mme Allen le présent était intolérable, et le futur ne s'annonçait pas autrement que son hideux prolongement. Elle se tourna donc vers le passé. Mais au lieu de laisser ses souvenirs la guider, elle les dirigeait, à son goût, le long des voies ensoleillées de son mariage. Onze ans de mariage, de bonheur – de bonheur parfait. Oh, bien sûr Guy avait eu ses petites humeurs parfois, mais elle avait toujours réussi à l'en dissuader en lui soutirant un sourire, et de tels moments avaient toujours suffi à les rapprocher tendrement ; les querelles des amants pavent la route qui mène au lit. Mme Allen versa toutes les larmes de son corps en souvenir du passé ; et personne ne vint jamais lui dire que si elle avait connu onze années de bonheur parfait, elle était bien le seul être humain à pouvoir s'en vanter.

Mais le souvenir est un compagnon bien tacite. Le silence résonnait dans les oreilles de Mme Allen. Elle aurait voulu entendre de gentilles voix, en plus de la sienne. Elle aurait voulu trouver de la compassion – cette chose que d'aucuns recherchent toute leur vie, quand ce devrait être si facile à trouver ; car qu'est-ce d'autre sinon l'échange d'éloges et de pitié ? Ses amies l'avaient laissée tomber ; il lui fallait s'en faire d'autres. Rien n'est moins évident que de former un nouveau cercle d'amis. Que d'efforts et de soucis Mme Allen dut-elle affronter pour retrouver la trace de ses vieilles connaissances – elle qui les avait précisément occultées de son esprit pendant toutes ces années – et pour retrouver des partenaires de voyage rencontrés au hasard d'une croisière en bateau ou dans un avion. Elle reçut néanmoins un certain nombre de réponses, et put consacrer ses après-midi à quelques sessions de consolation intimes.

L'entreprise se révéla insatisfaisante. Au lieu de compassion, ces dames ne lui montrèrent qu'exhortation. Elles lui conseillèrent de se remuer, de se ressaisir, de repartir de pied ferme ; l'une d'entre elles lui fit même une petite tape dans le dos. On se serait cru dans les vestiaires à la mi-temps d'un grand match. Et quand enfin il fut admis qu'elle n'avait qu'à dire à Guy Allen d'aller se faire voir, Mme Allen trouva le moyen de mettre un terme à ses réunions.

Ces sessions eurent tout de même le mérite de porter au moins un fruit : c'est par l'intermédiaire de l'une de ses conseillères de fortune que Mme Allen fit la connaissance du docteur Langham.

Le docteur Marjorie Langham était de ces femmes qui gagnent leur vie toutes seules, sans que cela nuise à leur féminité – sans doute était-ce pour n'avoir jamais arpenté les couloirs sanglants de l'école de médecine, ni fatigué ses yeux pétillants à préparer un quelconque diplôme. En un bond gracieux, elle avait atterri sur ses petits pieds délicats, guérisseuse des esprits soucieux. C'était l'année où les divans de ces fameux guérisseurs n'avaient pas le temps de refroidir entre chaque patient. Le docteur Langham avait énormément de succès.

Elle avait toutes sortes d'anecdotes à raconter sur ses patients. Et elle avait l'art de vous les raconter en rendant les cas les plus terribles désopilants, et quand vous l'écoutiez, c'était agréable de sentir que vous n'étiez pas si fou que ça après tout. Intérieurement, c'était une femme à l'esprit vif, très sympathique à l'égard du lot particulier que formaient les membres de son sexe. Elle était faite pour Mme Allen.

Mme Allen ne s'allongea pas tout de suite sur le divan quand elle rendit visite pour la première fois au docteur Langham. Dans le bureau, où régnaient réconfort et rideaux de chintz, elles s'installèrent face à face, femme à femme ; Mme Allen se dit que c'était plus facile ainsi pour tout lâcher d'un coup. Durant le récit du comportement outrageant de Guy Allen, le docteur Langham opina systématiquement de la tête ; et quand elle demanda à Mme Allen l'âge de Guy, elle esquissa un petit sourire amusé. « Ah, mais bien sûr, tout s'explique, fit-elle. Oh, cette chère quarantaine ! Notre ami l'Âge Dangereux ! Ma foi, c'est là son problème – il est en pleine phase de mutation. »

Mme Allen se tapa les tempes. Comment avait-elle pu être aussi sotte, et ne pas y avoir songé plus tôt ? Elle avait geint, elle avait pleurniché, en oubliant que les hommes, eux aussi, viennent au monde avec la dette du péché originel sur les épaules ; Guy Allen, comme tout le monde, avait tout simplement atteint l'âge de devoir la payer ; ce n'était pas plus compliqué que ça. (Dans les deux derniers cas de mariage rompu dont Mme Allen avait entendu parler cette année-là, un des maris déserteur avait vingt-neuf ans, et l'autre soixante-deux, mais elle n'avait pas l'air de s'en souvenir.) Mme Allen fut tellement soulagée par l'explication du docteur Langham qu'elle alla aussitôt s'allonger sur le divan.

« Voilà – détendez-vous, fit le docteur Langham.

Oh, les pauvres femmes, les pauvres sottes ! Elles se déchirent le cœur, elles se flagellent de leurs "Pourquoi, pourquoi, pourquoi ?", elles se cassent la tête à trouver des raisons farfelues pour expliquer le départ de leur mari, alors qu'il ne s'agit que d'une simple poussée temporaire des nerfs, un simple changement de métabolisme, tout ce qu'il y a de plus routinier. »

Le docteur remit des livres à Mme Allen pour qu'elle les emporte chez elle, et qu'elle les lise avant le prochain rendez-vous ; certains de leurs auteurs étaient de ses bonnes amies, des femmes reconnues comme faisant autorité sur le sujet. Les livres étaient écrits, comme d'une seule et même plume, dans un style fluide et conversationnel, tout à fait lisible pour les profanes. Tous collectionnaient les exemples d'hommes mariés qui s'étaient enfuis de leur foyer, en rébellion contre la quarantaine. Les rébellions, en tant que telles, étaient plutôt émouvantes. Les rebelles aux yeux écarquillés erraient sans direction, ni aucun plan, les nuits étaient froides, ils se languissaient de leur foyer. Ils revenaient, les uns après les autres, tête baissée et mains suppliantes, auprès de leurs sages et douces épouses.

Mme Allen fut impressionnée par ces ouvrages. Elle aurait volontiers souligné plus d'un passage si les livres lui avaient appartenu.

Elle se reconnut dans la liste de toutes ces épouses qui attendaient chez elles, si douces et si sages. Sans vouloir se vanter, les gens ne lui avaient-ils pas fait remarquer qu'elle était presque trop douce, trop pour son propre bien ? Et puis, en cherchant bien, elle se souvenait bien d'avoir agi sagement, au moins une fois.

Dans les premiers jours de sa misère noire, elle s'était fait le vœu de ne jamais faire le moindre pas vers Guy Allen : que sa main droite se flétrisse et tombe si elle devait s'en servir pour composer le numéro de téléphone de Guy ! Vous ne pouvez pas savoir le nombre de kilomètres qu'elle a pu parcourir en long et en large sur ses tapis, à lutter pour tenir sa promesse. Elle l'avait tenue, mais la vue de sa main droite épargnée, toute blanche et fine, ne lui était d'aucun réconfort ; elle ne faisait que lui rappeler l'usage qu'elle aurait pu en faire. Elle songeait alors à une autre main, à un autre cadran de téléphone ; mais à chaque fois, une nouvelle souffrance venait lui signifier que Guy Allen n'avait jamais appelé.

Le docteur Langham la félicita de se tenir à l'écart du téléphone, et parvint à effacer la peine que lui causait le silence de Guy Allen.

« Bien sûr qu'il ne vous a pas appelée, fit-elle. Je m'y attendais – oui, et c'est bien le signe qu'il souffre lui aussi sur son gibet de potence. Il sait ce qu'il vous a fait – il ne sait pas pourquoi il l'a fait, contrairement à nous, mais il sait qu'il a fait quelque chose de terrible. Il pense beaucoup à vous. Qu'il n'ose pas vous appeler le prouve. »

Le succès du docteur Langham tenait pour beaucoup à ce qu'elle avait l'art de transformer, aux yeux des submergés, un brin de paille imbibé d'eau en bûche solide.

Cela étant, la cure de Maida Allen ne fut pas complétée en une journée. Il lui fallut plusieurs semaines avant de se sentir entièrement rétablie. Elle reconnut qu'elle devait tout à son docteur. En projetant la lueur froide de la science sur les raisons de l'apparente désertion de Guy, Marjorie Langham avait rendu Maida à elle-même. Elle n'était plus la pauvre créature solitaire[1], rejetée comme une fleur fanée, comme un gant usé, comme une jarretière détendue. C'était désormais une femme courageuse et humaine qui avait fait de sa patience son joyau ; elle attendait que son pauvre petit mari confus surmonte sa légère indisposition et revienne à la maison pour le chérir pendant sa convalescence et qu'il se rétablisse au plus vite. Au fil des séances passées sur le divan du docteur Langham à l'écouter et à s'écouter, Maida Allen retrouva peu à peu ses forces. Ses insomnies se dissipèrent, et quand elle sortait dans la rue, son dos tout droit et son visage calme et étincelant lui donnaient l'air de venir d'une autre planète, une planète plus courageuse, au milieu de toutes ces épaules avachies et de ces bouches agitées qui arpentaient le trottoir.

Le miracle eut lieu. Son mari lui téléphona. Il lui demanda s'il pouvait passer à l'appartement, le soir même, pour prendre une valise dont il avait besoin. Elle lui proposa de rester dîner. Il ne pouvait malheureusement pas accepter ; il devait dîner tôt avec un client ; il passerait aux alentours de neuf heures. Et si elle n'allait pas être là, pouvait-elle laisser la

1. Citation de Charles Dickens tirée de *David Copperfield*, chapitre III : « *the poor lone, lorn creature* » (*D. C.*, Garnier Flammarion, p. 61, traduction de Sylvère Monod.) (*N.d.T.*)

valise auprès de Jessie, la bonne ? Elle lui répondit que ce soir-là, pour une fois, elle ne sortait pas ; qu'elle n'était pas restée chez elle depuis des siècles. Très bien, lui répondit-il, alors il la verrait plus tard ; et il raccrocha.

Ce jour-là, Mme Allen arriva en avance à son rendez-vous chez le docteur. Elle lui chanta presque la nouvelle. Le docteur opina de la tête, et son sourire amusé s'élargit jusqu'à dévoiler sa dentition magnifique.

« Alors, fit-elle. Vous voyez. Ne vous avais-je pas prévenue ? Maintenant, écoutez-moi. C'est important – sans doute la partie la plus importante de votre traitement. Ne perdez pas la tête ce soir. Rappelez-vous que cet homme a fait sombrer en enfer l'une des créatures les plus sensibles que j'aie jamais vues. Ne vous amadouez pas. Ne vous épanchez pas comme si, en revenant, il vous faisait une faveur. Ne lui rendez pas les choses trop faciles.

– Oh-h-h, non ! fit Mme Allen. *Il va manger du corbeau*[1] *!*

– Bravo, fit le docteur Langham. Ne faites pas de scène, vous savez ; mais ne le laissez pas non plus croire que tout est pardonné. Soyez sympathique et douce. Ne le laissez pas deviner qu'il vous a manqué.

1. *To eat crow* est une expression américaine qui signifie : faire des excuses humiliantes. Son équivalent français serait « faire manger son chapeau à quelqu'un »...

Le traducteur a choisi de garder l'expression américaine en la traduisant littéralement afin de suivre l'auteur lorsqu'elle filera la métaphore à la fin du texte. (*N.d.T.*)

Qu'il constate simplement ce que, lui, a manqué. Et pour l'amour de Dieu, ne lui demandez pas de passer la nuit chez vous.

– Pour rien au monde, fit Mme Allen. Si c'est ce qu'il veut, il va devoir me le demander. Oui, et à genoux ! »

Pour l'occasion, Mme Allen veilla à ce que son appartement fût resplendissant, comme elle. Elle acheta des masses de fleurs en rentrant de chez le docteur, et les disposa sublimement dans tous les recoins du salon ; elle avait toujours eu le don de ces choses-là.

La sonnette retentit à neuf heures passées de trois minutes. Comme Mme Allen avait donné sa soirée à la bonne, elle alla ouvrir la porte en personne.

« Salut ! fit-elle.

– Salut, fit-il. Comment ça va ?

– Oh, très bien. Entre donc. Je crois que tu connais le chemin, pas vrai ? »

Il la suivit dans le salon en gardant son chapeau à la main et son manteau sur le bras.

« Tu as beaucoup de fleurs, fit-il. Joli.

– Oui, elles sont belles, n'est-ce pas ? Les gens se sont montrés si gentils avec moi. Laisse-moi te débarrasser.

– Je ne peux rester qu'une minute. J'ai rendez-vous avec un type au club.

– Oh, c'est dommage. »

Il y eut un temps mort. Et puis :

« Tu as l'air en pleine forme, Maida, fit-il.

– Vraiment ? Pourtant, je suis morte de fatigue. Je suis sortie tous les soirs ces derniers temps.

– Ça te va bien.

– Tu ne remarques rien de nouveau dans cette pièce ?

– Ma foi… j'ai mentionné les fleurs. Il y a autre chose ?

– Les rideaux, les rideaux. Nouveaux depuis la semaine dernière.

– Oh, oui. Il sont très bien. Roses.

– Vieux rose, fit-elle. Ça embellit la pièce, tu ne trouves pas ?

– Magnifique.

– Et ta chambre au club, elle est bien ?

– Ça va. J'ai tout ce que je veux.

– Vraiment tout ?

– Oh, bien sûr.

– Et la nourriture, elle est bonne ?

– Maintenant, oui. Bien meilleure qu'avant. Ils ont un nouveau chef.

– Formidable ! Alors ça te plaît vraiment, de vivre au club ?

– Oh, oui. Je suis très bien installé là-bas.

– Pourquoi tu ne t'assiérais pas ? Comme ça tu pourrais m'expliquer ce qui n'allait pas ici. La nourriture ? Le miroir pour te raser ? Quoi ?

– Ma foi, tout était très bien. Écoute, Maida, il faut vraiment que je file. Ma valise est là ?

– Elle est dans ton placard, dans la chambre. Elle n'a pas changé de place. Assieds-toi, je vais te la chercher.

– Non, ne te dérange pas. J'y vais. »

Il partit vers la chambre. Maida s'élança pour le suivre, puis songea au docteur Langham et se décida à rester dans le salon. Le docteur trouverait ça sûrement trop conciliant de le suivre ainsi dans la chambre, dès son retour.

Il réapparut avec la valise.

« Tu peux bien t'asseoir et boire un verre, non ? fit-elle.

– J'aimerais bien, mais il faut vraiment que j'y aille.

– Je m'étais dit qu'on aurait pu échanger quelques mots courtois tous les deux. La dernière fois que j'ai entendu ta voix, ce n'était pas pour me dire des choses très agréables.

– Je suis désolé.

– Tu te tenais là, près de la porte – et tu étais très séduisant. Je ne te connais que cet air-là. Ce fameux soir, j'aurais pourtant dû te trouver l'air bizarre. À me dire des choses pareilles. Tu te souviens ?

– Et toi, tu te souviens ? fit-il.

– Ça oui. “Je ne veux plus continuer ainsi, Maida. J'en ai assez.” Tu trouves que c'était gentil de me dire ça ? Moi, j'ai trouvé ça un peu abrupt, au bout de onze ans.

– Non. Ce n'était pas abrupt. Ça faisait six ans de ces onze ans que je te disais ça.

– Je ne t'ai jamais entendu me le dire.

– Si, ma chère. Tu m'entendais très bien. Tu l'interprétais comme le cri du Grand Méchant Loup, mais tu m'entendais.

– Est-ce possible que tu aies planifié cette sortie dramatique pendant six ans ?

– Pas planifié. Juste envisagé. Je n'ai fait aucun plan. Pas même lorsque je t'ai dit ces mots d'adieu, mal choisis, je te le concède.

– Et aujourd'hui, quels sont tes plans ?

– Je pars pour San Francisco demain matin.

– Comme c'est gentil de me mettre dans la confidence. Tu pars combien de temps ?

– Je ne sais pas vraiment. On a ouvert une annexe du bureau là-bas, tu sais. Et les choses se sont mal passées, alors je dois y aller pour arranger l'affaire. Je ne peux pas te dire combien de temps ça prendra.

– Tu aimes bien San Francisco, pas vrai ?

– Oh, bien sûr. Elle est bien, cette ville.

– Et bien *loin* surtout. Tu n'aurais pas pu trouver de ville plus *loin* sans quitter notre belle Amérique, hein ?

– C'est vrai. Écoute, il faut vraiment que je file. Je suis en retard.

– Dis, tu ne pourrais pas me donner une petite idée de ce que tu as bien pu faire de ta vie ?

– Bossé toute la journée et pratiquement toutes les nuits.

– Et ça t'intéresse ?

– Oui, ça me plaît bien.

– Eh bien, tant mieux. Dis, je ne voudrais pas te mettre en retard pour ton rendez-vous, mais j'aimerais vraiment avoir un tout petit aperçu de ce qui a bien pu te pousser à faire ce que tu as fait. Tu étais donc si malheureux que ça ?

– Parfaitement. J'étais malheureux. Et je ne t'apprends rien.

– Pourquoi étais-tu donc si malheureux ?

– Parce que deux personnes ne peuvent pas continuer à faire sans cesse les mêmes choses, année après année, quand seulement une des deux y trouve son compte, et en plus s'en réjouir.

– Et tu crois que ça me rejouit, moi, d'en être là ?

– Oui, je pense. Je pense que tu vas être contente. J'aimerais autant qu'il existe un meilleur moyen pour qu'il en soit ainsi, mais je pense qu'au bout d'un certain temps – et pas très longtemps, d'ailleurs –, tu seras plus heureuse qu'avant.

– Oh, c'est ce que tu penses ? Aurais-tu oublié que je suis quelqu'un de sensible ?

– Comment pourrais-je l'oublier : tu m'as assez seriné avec ta sensibilité pendant onze ans. Écoute, c'est inutile. Adieu, Maida. Prends soin de toi.

– Je n'y manquerai pas. Je te le promets. »

Il franchit la porte, traversa le couloir, et appela l'ascenseur. Elle resta sur le seuil et tint la porte grande ouverte, pour le regarder.

« Tu sais quoi, mon ami ? Tu sais ce qui ne va pas chez toi ? Tu as la quarantaine. C'est pour ça que tu as toutes ces idées. »

L'ascenseur s'arrêta à l'étage, et le liftier ouvrit la porte.

Guy Allen se retourna avant d'entrer dans la cabine.

« Je n'avais pas la quarantaine il y a six ans. Et je les avais déjà, ces idées. Adieu, Maida. Bonne chance.

– Bon voyage. Envoie-moi une carte postale du Presidio. »

Maida Allen referma la porte et revint dans le

salon. Elle resta là, inerte, au milieu de la pièce. Elle ne se sentait pas tout à fait comme elle l'avait prévu.

Bon. Elle avait pourtant été parfaite : sympathique et gentille. Guy ne s'était sans doute pas encore remis de sa maladie. Il allait guérir ; oui, c'était sûr. Oui, c'était sûr. Une fois là-bas, à force de descendre et de remonter les côtes de San Francisco, il retrouverait ses esprits. Elle fantasma pendant quelques minutes ; il reviendrait, et ses cheveux seraient devenus tout gris en une seule nuit – la nuit où il allait se rendre compte de l'angoisse de sa petite folie –, et les cheveux gris, ça ne lui irait pas. Il allait revenir manger du corbeau, oui, et elle veillerait à ce qu'il le mange en entier. Elle se l'imagina, tout gris, minable et sans le sou, en train de ronger une cuisse de corbeau froid. Le corbeau aurait encore toutes ses plumes, il serait tout noir, et tout brillant, et dégoûtant.

Non. Inutile de fantasmer.

Elle se dirigea vers le téléphone et composa le numéro du docteur Langham.

The New Yorker, 27 août 1955

Le jeu

Une semaine après leur retour de lune de miel, les Lineham donnèrent leur premier dîner. Ils comptaient sur cette fête pour réchauffer l'atmosphère de leur nouvel appartement, qui les attendait entièrement meublé, et ce jusqu'au dernier petit coquillage doré pour portion individuelle d'amandes salées.

Il était situé dans un grand immeuble de Park Avenue, ni trop *uptown* pour que le fait d'aller au théâtre ne se transforme pas en événement majeur ; ni trop *downtown* afin d'échapper au brouhaha et aux Klaxon de la circulation du quartier ainsi qu'aux sirènes hurlantes des motocycles escortant les délégués des Nations unies casernés au Waldorf.

C'était un appartement de plusieurs pièces, chacune lumineuse, haute de plafond et honorablement carrée. Chacune pouvant très bien se retrouver un jour déménagée intacte dans une aile de musée américain, libellée « Chambre dans Demeure de Marchand Fortuné, New York, *Circa* Administration Truman », avec sa foule de visiteurs entassés les uns contre les autres derrière une corde de velours, chuchotant selon leurs écoles de pensée respectives, soit : « Ah, c'est adorable ! » ou bien : « Ils vivaient vraiment comme ça, les gens ? »

Chacune de ces pièces, en fait, présentait déjà tous les critères de ce qui fait objet de musée : impersonnalité, bienséance et rigidité. Dans le salon de réception, le décorateur avait fait des traces de craie sur la moquette pour préciser l'emplacement exact de chaque pied de chaque meuble. Les miroirs qui recouvraient les murs du salon avaient l'air d'avoir été teintés pendant des mois à la fumée de noyer blanc, et les rideaux, les tapis et les coussins formaient un ensemble vert passé, plus chaste que n'importe quel blanc. Les fleurs qui ornaient la pièce avaient cet air cireux qu'ont les fleurs quand elles sortent de chez le fleuriste déjà arrangées dans un vase. Au plafond, se dessinaient des ronds de lumière douce ; des ronds légers, délicats et sophistiqués que des lampes massives diffusaient par des chemins si indirects qu'on eût dit davantage des détours. Il était absolument inconcevable d'imaginer cette pièce avec le moindre pétale tombé sur une table, ou un magazine traînant sur le sofa, ou une souillure laissée par un chiot sur un coin du tapis. Tout était absolument impeccable : impossible de ne pas penser au prix que cela devait coûter pour qu'il en soit, et reste, ainsi. Fort heureusement, dans ce monde hétérogène, la perfection unique n'existe pas ; dans un rayon de douze rues de Park Avenue, il devait y avoir vingt pièces identiques à celle-ci ; toutes, comme celle-ci, appartenant à de jeunes hommes nerveux arrivés à des postes élevés dans de jeunes industries nerveuses, elles aussi.

Dans la salle à manger – aux murs recouverts d'un papier peint argenté orné de longues pousses de bambou –, les Lineham et leurs six invités en étaient à la fin du dîner. Le dîner lui-même aurait fort bien pu avoir été conçu par le même esprit à qui l'on devait le *décor*[1] : soupe de haricots noirs, chair de crabe à la crème, servie dans sa carapace, couronne de côtelettes d'agneau grillées – avec leurs manches proprement emmaillotés dans des petites culottes en papier –, minuscules pommes de terre toutes dures, petits pois gâchés par des carottes en rondelles, asperges au lieu de salade, et dessert au nom un tantinet hystérique : *cerises Jubilé*. Nul doute que, dans le rayon de douze rues mentionné ci-avant, il se donnait ce soir-là quinze dîners identiques pour huit, tous à base de soupe de haricots noirs, de chair de crabe, de couronne d'agneau, de pommes de terre, de petits pois et carottes, d'asperges et de cerises Jubilé. Ce matin-là, le même boucher et le même épicier avaient dû se frotter les mains en rédigeant la note des quinze dîners.

Les hommes ne furent pas séparés des femmes pour le quart d'heure d'après-dîner. Ils se rendirent tous ensemble au salon pour leur café et leur brandy. La petite Mme Lineham servit le café, et sa main ne trembla qu'à peine. Elle avait cette timidité si typique, et néanmoins attendrissante, de la jeune mariée qui fait sa première apparition dans son rôle d'hô-

1. En français dans le texte. (*N.d.T.*)

tesse, et son sort était aggravé du fait que les invités étaient tous des amis de son mari et qu'il les connaissait depuis bien avant qu'il ne l'ait jamais vue ou qu'il ne songe même à elle. Mais tous s'étaient montrés si gentils, ne tarissant pas d'éloges sur l'appartement, la nourriture, le service de table, le champagne, sa robe et les récents cinq kilos que son mari avait pris, tant et si bien qu'elle se sentait presque complètement à l'aise. Mieux encore : elle se sentait pleine d'une chaleureuse gratitude à leur égard.

« Oh, je trouve, dit-elle soudain, que vous êtes tous vraiment charmants.

– Comme c'est mignon », firent deux des femmes, et la troisième, celle que la petite Lineham préférait, lui sourit.

La présence de tous ces gens donnait un certain charme à la salle de réception ; et ce groupe, vêtu onéreusement et arrangé avec soin, avait vraiment de l'allure. Les hommes étaient en Cravate Noire – dans leur situation, ils pouvaient légitimement désigner leur tenue ainsi. (L'ascension sociale se mesure aux termes employés pour décrire la tenue de soirée informelle des hommes selon l'échelle suivante : Smoking, Smok, Veste de Soirée et enfin Cravate Noire). Les femmes arboraient des robes d'une mode absolument immédiate ; d'une immédiateté telle qu'elles s'en seraient débarrassées bien avant que les tissus opulents ne perdent leur éclat. Seule Thelma Chrystie, celle que la petite Mme Lineham préférait, échappait à la marque du moment ; sa robe était d'un modèle si classique qu'elle pouvait très bien avoir été portée six mois plus tôt et ressortie six mois plus tard. Ses bijoux non plus n'étaient pas à la mode. Quand toutes les autres étaient couvertes de bandeaux, de gros paquets de pierres massives et de métaux brillants leur donnant l'air d'avoir passé la nuit en compagnie d'un généreux admirateur venant du fin fond de la jungle, les rares ornements de Mme Chrystie étaient aussi délicats que le givre.

Mme Chrystie était grande, pâle et silencieuse, trois choses que la petite Mme Lineham avait toujours rêvé d'être. On disait toujours d'Emmy Lineham qu'elle était un mignon petit bout de femme, aussi se sentait-elle constamment obligée de se montrer guillerette et volubile. Si elle admirait Mme Chrystie pour son allure, elle l'aimait surtout pour une qualité qu'elle avait toute personnelle, une chaleur particulière qui semblait émaner d'elle, qui faisait fondre toute forme de réserve et vous invitait à remettre votre cœur entre ses mains. Cet éclat gracieux pénétrait tous ceux qui l'entouraient, même son mari, et la petite Emmy Lineham en était béate.

Mme Lineham n'avait rien contre le mari de Mme Chrystie. Qui aurait pu ? Sherm Chrystie – sans doute avaient-ils commencé par l'appeler Sherman, mais c'était il y a trop longtemps pour qu'ils s'en souviennent –, Sherm Chrystie, donc, était assez jeune, mais pas du genre nerveux. En effet, il n'avait aucune raison d'être nerveux, car contrairement aux autres jeunes hommes présents, Sherm n'était pas en proie à l'anxiété du monde des affaires. Il n'était tout simplement pas dans les affaires – rien de tel qu'un énorme héritage pour faire avorter les appréhensions. C'était un homme robuste et rose, qu'on ne croisait jamais, sauf dans la rue, sans un verre à la main. La boisson, d'ailleurs, ne le rendait que d'autant plus sympathiquement sot – enfin, jusqu'à un certain point ; car à partir d'une certaine heure, il lui arrivait parfois de se réveiller tout rafraîchi d'une de ses siestes audibles et publiques, de se frayer lourdement un chemin jusqu'au plateau d'alcools pour se servir un verre, de se le préparer, et de réussir on ne sait comment à casser tous les verres excepté le sien.

Mme Chrystie n'avait jamais protesté contre les excès de son mari. Une grande part de la chaleur particulière de cette femme tenait à ce qu'elle avait de la considération pour chaque être humain. Jamais elle ne l'aurait humilié devant les autres en lui disant qu'il avait assez bu et en le pressant de s'arrêter là. Jamais elle ne se serait montrée cruelle au point de lui demander de rentrer à la maison quand il avait l'air de passer un bon moment. On l'avait même vue, quand il était incapable de se verser un verre tout seul, lui en préparer un et, avec son gentil sourire, le lui mettre dans la main.

M. MacDermott, la moitié mâle de l'autre couple d'invités, ne s'autorisait pas les mêmes débordements que Sherm. Dans tout ce qu'il faisait, M. MacDermott était très précautionneux, au point que cela le rendait timide. Il avait obtenu son titre actuel et sa position au sein d'un vaste réseau de chaînes de radios, à la sueur de son front mais aussi à force de distribution constante de pommes rouges [1] figurati-

1. Pomme rouge : symbole de la ville de New York (*The Red Apple*). (*N.d.T.*)

ves. Mais il n'avait pas pour autant atteint la sérénité. Il ne pouvait oublier les nombreux autres types qui avaient eu auparavant la stature prééminente qui était aujourd'hui la sienne. Il les avait vus s'effondrer pas la suite comme des vieux chênes. À tout moment, il s'attendait à s'entendre hurler : « Attention à l'arbre qui tombe ! » pour annoncer sa propre chute. Sa femme était une belle femme saine et volubile qui prenait plaisir à divulguer toutes sortes d'informations.

Les autres invités étaient M. et Mme Bain. Les Bain étaient les Bain, sans aucune singularité.

Bob Lineham, l'hôte et le marié, était encore mince en dépit des cinq kilos acquis au cours de la lune de miel. De tous les hommes présents, c'était lui le plus grand et le plus agréable à regarder, mais sa beauté, aussi peu commune fût-elle, ne légitimait pas pour autant l'adoration dévorante qui faisait presque se pâmer la petite mariée sur son passage. Sa voix était si faible qu'il fallait se pencher vers lui pour l'écouter ; après quoi on reprenait sa position, guère satisfait, mais irrémédiablement suspendu à ses lèvres.

À peine Sherm eut-il eu le temps de se retrouver les mains vides, après son deuxième grand verre de brandy, que le majordome et la bonne des Lineham entrèrent, en file indienne, chargés de plateaux de divers whiskies, encore du brandy, des glaçons, de l'eau et du soda.

Bob se dirigea vers la table pour servir ses invités, suivi d'Emmy qui trottait derrière ; mais Sherm fut le premier à être servi. Mme Chrystie, sur un sofa, écoutait chaleureusement M. MacDermott discuter des taux Hooper avec M. Bain. De l'autre côté de la pièce, Mme Bain, sans respecter les marques de craie, rapprocha sa chaise de celle de Mme MacDermott.

« Ce petit bout de femme admire tant Bob qu'elle vénère jusqu'au sol qu'il foule, fit Mme Bain.

– Je trouve ça charmant, fit Mme MacDermott. Le pauvre homme mérite bien un peu de bonheur après tout ce qu'il a enduré.

– Il s'est vraiment épanoui. Il s'est épanoui comme une vraie fleur. Après avoir eu la vie aussi brisée pendant deux ans.

– Presque trois, fit Mme MacDermott. J'ai cru qu'il n'allait jamais s'en remettre. C'est généralement ce qui arrive s'ils ne se remarient pas aussitôt.

– Je n'ai pas connu sa première femme, fit Mme Bain. Nous n'avons fait la connaissance de Bob qu'après…

– Oh, Alice était une femme merveilleuse. Pas exactement belle, mais un charme terrible. Elle avait le teint si merveilleusement hâlé. C'était une merveilleuse athlète. Elle avait gagné toutes sortes de coupes et de trucs en tennis, en golf, en natation. C'est vraiment bizarre. C'était une si bonne nageuse. Ma parole, elle nageait comme un homme !

– Ma foi, c'est toujours comme ça. Plus on est bon, moins on fait attention et, puis, on n'est jamais à l'abri d'une crampe ou d'autre chose, quel que soit son niveau. Pauvre homme, je me demande comment il a pu s'en remettre.

– Oh, les Chrystie ont été merveilleux avec lui. Il a tout bonnement vécu à leurs dépens.

– Ils étaient présents, n'est-ce pas, quand c'est arrivé ?

– Ça s'est passé chez eux, là-haut, au lac. Alice et Bob étaient là-bas pour les vacances de Bob. Ils étaient sans le sou, vous savez. Thelma était la meilleure amie d'Alice.

– Thelma s'est montrée terriblement gentille avec celle-ci, fit Mme Bain en parlant de la deuxième Mme Lineham.

– Ils ont beau dire qu'Emmy n'est pas une lumière, fit Mme MacDermott, son père est tout de même à la tête de Davis, de McCord, Marsh et Melty, à savoir une des plus grandes agences de publicité du moment. Regardez Bob, aujourd'hui ; le père d'Emmy l'a nommé vice-président, comme ça. Thelma doit être vraiment ravie. Elle a été merveilleuse, une amie merveilleuse, et je sais qu'elle sera tout aussi gentille avec ce petit bout de femme-là qu'elle l'a été avec Alice. »

Leurs regards furent attirés par Thelma Chrystie qui s'était levée du sofa et s'était approchée d'Emmy. Elle caressait tendrement et arrangeait gentiment, ici et là, la coiffure de la petite mariée.

Mme Bain se retourna vers Mme MacDermott et se mit à rire tout d'un coup.

« C'est terrible, fit-elle. À chaque fois que quelque chose d'atroce se produit dans une famille, je n'arrive pas à parler d'autre chose. Comme si j'étais forcée d'en parler. Vous avez entendu ce que j'ai dit au dîner ? Bob et moi discutions de films et je lui ai demandé s'il avait vu *La Femme dans le lac*. J'ai cru que j'allais mourir.

– Oh, ma chère, je sais, fit Mme MacDermott. À chaque fois que je vois Bob, je me mets à parler de noyades, d'accidents dans l'eau, de respiration artificielle survenue trop tard… D'habitude je ne parle jamais de ce genre de choses. Jamais je ne parle de ces choses-là. J'espère qu'il ne remarque pas. En tout cas, il ne le montre pas. Mais bien sûr, il est si poli.

– N'est-ce pas affreux ? Comment se fait-il qu'on puisse dire des choses pareilles ? »

Elles furent prises d'un même rire nerveux qui leur fit dodeliner de la tête.

Bob Lineham s'approcha d'elles, un verre dans chaque main.

« Scotch et soda pour *Madame*[1], fit-il en en tendant un à Mme MacDermott. Et un petit quelque chose pour notre chère bourbon-et-eau. »

Il offrit l'autre verre à Mme Bain.

« Oh, Bob, méchant garnement, fit-elle. Il est bien trop fort. Vous auriez dû ne m'en servir qu'un tout petit peu, *noyé* dans de l'eau… Oh, Bob, je n'en reviens pas, vous êtes en pleine forme. Je n'en reviens vraiment pas !

– Palm Springs vous a fait du bien, fit Mme MacDermott.

– Oh, j'ai toujours rêvé d'aller là-bas, fit Mme Bain. Il paraît que c'est terriblement attirant. Où êtes-vous descendus ?

– Les parents d'Emmy nous ont prêté la maison qu'ils ont là-bas, fit-il. Jamais vu d'endroit plus mignon.

1. En français dans le texte. (*N.d.T.*)

– Palm Springs est un vrai désert, n'est-ce pas ? fit Mme MacDermott.

– C'est bien vrai, fit-il. Nous étions au beau milieu du désert.

– Ça a dû bien vous changer… fit Mme Bain, qui aurait préféré mourir plutôt.

– Voyons, qui d'autre à besoin d'un verre ? fit Bob, en parcourant la pièce du regard. Sherm est servi, je vois. »

Il alla retrouver sa femme et Thelma Chrystie.

« Vous avez vu ce que Thelma a fait à mes cheveux, Bob ? fit Emmy.

– N'est-ce pas qu'elle est adorable comme ça ? fit Thelma.

– Elle n'était pas mal non plus avant », fit Bob.

Il serra le menton d'Emmy dans sa main et déposa un baiser sur sa petite bouche toute rose.

« On dirait qu'elle sort du lit. »

Il l'embrassa de nouveau.

« Ne vous gênez pas pour moi, fit Thelma. Continuez, tous les deux. »

Bob se dégagea de son épouse.

« Que diriez-vous d'un petit verre, Thelma ? Oh, j'oubliais, vous ne…

– Si, je prendrais bien un verre. Du whisky, du brandy, ce que vous voulez… Sec.

– Dites-moi, Thelma, fit Emmy, je ne vous ai encore jamais vu boire ?

– Oh, ma chère enfant, fit Thelma. Toutes ces choses, ces choses, et ces choses que vous n'avez encore jamais vues ! »

Bob lui apporta un verre de whisky sec.

« Merci, Bob.

– De rien, vraiment, fit Bob.

– Vraiment ? » murmura Thelma.

Bob retourna vers le plateau d'alcools. Emmy le suivit.

« Oh, chéri, est-ce une bonne soirée ?

– Je crois qu'elle est formidable.

– Vous êtes sûr ? Vous pensez qu'ils s'amusent ? Sincèrement, est-ce que je m'en sors bien ?

– Vous ne pourriez faire mieux quand bien même vous vous casseriez la tête. »

Il recoiffa délicatement ses cheveux en arrière tels qu'ils étaient avant que Mme Chrystie ne s'en soit occupée.

« Voilà. Ça, c'est ma fiancée. »

Il l'embrassa sur le dessus de la tête.

Invisible et inaudible, Thelma se faufila tout près. Bob la regarda droit dans les yeux. Ils restèrent là quelques secondes à s'observer au-dessus de la tête délicate d'Emmy.

Emmy se tourna vers Thelma.

« J'étais en train de demander à Bob : Pensez-vous vraiment qu'ils passent un bon moment ?

– De quoi ont-ils envie, à votre avis ? De chapeaux en papier et d'un magicien ? fit Thelma en souriant. Vous n'avez aucun souci à vous faire, mon enfant. Pas vrai, Bob ?

– Je ne sais pas, fit Emmy. Ils ont tous l'air tellement, disons, séparés. »

Elle fit un geste vague en direction de Mme MacDermott et de Mme Bain assises côte à côte, de M. Bain et de M. MacDermott assis l'un à côté de l'autre à l'autre bout de la pièce, et de Sherm errant tout seul, tenant périlleusement son verre qui menaçait de se renverser, et marmonnant un bout du *Soldat en chocolat*.

« J'aimerais tant qu'on se réunisse et qu'on fasse quelque chose tous ensemble.

– Que diriez-vous d'un petit bridge ? fit Thelma.

– Oh, ma chère ! fit Emmy. Je ne saurais différencier une carte d'une autre.

– Alors peut-être devrions-nous aller chercher la serviette et jouer au Jeu, fit Bob.

– On est assez nombreux, fit Thelma.

– Thelma est une experte au Jeu, fit Bob à Emmy.

– Oh, moi je suis très mauvaise aux jeux. Je ne serais jamais à la hauteur, fit Emmy. Je n'arriverais jamais à apprendre. Jamais. »

Thelma lui fit un sourire.

« Mais si, mon petit, mais si », lui dit-elle.

Sherm s'éloigna de la table où il s'était resservi un verre et les rejoignit. Il fit un pas de valse en son honneur.

« Venez à moi, mon héros, venez à moi, entonna-t-il. Merveilleux brandy, Bob, mon gars. On épouse la fille du patron et on soûle ses amis, c'est ça ?

– Bob propose que nous jouions au Jeu, Sherm, fit Thelma. Vous voulez jouer ?

– Sûr que je veux jouer au Jeu. Emmy et moi, on va tous vous écraser. Qu'en dites-vous, Fille du Patron ?

– Oh, jamais je ne pourrais, fit Emmy. Je suis morte de peur pour pouvoir jouer à quoi que ce soit. Je suis morte de peur devant tous ces gens.

– Mais non, fit Thelma. Bob jouera de votre côté. Avec lui de votre côté, vous ne penserez plus aux autres. »

Comme elle s'éloignait, elle ajouta, pas très audiblement : « Et vous pouvez me croire sur parole. »

Le Jeu n'a jamais connu de nom plus spécifique, et n'en a jamais eu besoin. C'est un passe-temps fondé, avec une certaine légèreté, sur les charades. Il ne tire pas le meilleur de ses participants et c'est loin d'être – grands dieux non – une partie de plaisir pour les introvertis. Pourtant, dans le salon de réception des Lineham, le Jeu prit place. Bob fut désigné capitaine de l'une des équipes, Thelma de l'autre. Thelma choisit Mme MacDermott et les Bain. Bob prit d'abord Emmy, puis M. MacDermott, et en dernier – sa position habituelle – Sherm.

Une telle faille n'aurait su heurter les sentiments de Sherm ; il profita du laps de temps nécessaire à la sélection des joueurs plus désirables que lui pour aller se resservir un verre.

Les feuilles de papier furent préparées en un temps record. La petite Mme Lineham était très fière de son papier à lettres au nouveau monogramme. C'est le crayon qui posa problème.

Mme Bain se montra très prévenante auprès de son hôtesse.

« Chéri, fit-elle à son mari, laissez donc Bob se servir de votre stylo. »

Chéri fut son obligé.

« C'est un stylo de rêve, fit-elle, c'est un de ces stylos qui écrivent sous l'eau… »

Elle eut un rire nerveux.

« Je me demande bien quel intérêt ils y trouvent ; qui a envie de se retrouver sous... »

Elle s'arrêta juste à temps.

Thelma emmena sa cohorte dans une pièce plus petite appelée l'étude, nom à l'origine obscure dans cette demeure. Ils s'agglutinèrent à ses côtés et l'observèrent mâcher son crayon.

« Choisissons des citations difficiles, fit Mme MacDermott.

– Ah, non, ne soyons pas méchants ! fit Thelma. Songez à Sherm et à la pauvre petite Emmy.

– Voyons voir, fit M. Bain. Que dites-vous de *Guerre et Paix* ?

– Oh, tout le monde a déjà fait ça, fit Mme MacDermott.

– Oui, fit Mme Bain. Ils n'auront qu'à faire un signe pour "livre" et un autre pour "barbe". »

Elle fit mine de caresser une barbichette invisible pour être claire. « Ils devineront l'auteur aussi sec. Et ils marqueront le point. »

Thelma émit un léger doute, mais fit un sourire à Mme Bain. « Qui a une bonne citation ?

– Oh, j'en connais une belle, fit Mme MacDermott. "Cueille avec l'enfant la racine de mandragore." John Donne[1]. »

1. *Get with child a mandrake root...* est une citation tirée d'un poème de John Donne (1572-1631) intitulé *Song* (*Go and catch the falling star*), st. 1, qui s'énonce ainsi :

Go, and catch the falling star
Get with child a mandrake root
Tell me, where all past years are,
Teach me to hear mermaid singing.

M. Bain secoua la tête : « Trop facile, fit-il. Il suffit de...

– Oh, je sais, l'interrompit Mme Bain tout excitée. "Un deuxième mariage, c'est le triomphe de l'espoir sur l'expérience." Dr. Samuel Johnson [1]. »

Mme MacDermott lui fit les gros yeux : « Pitié ! murmura-t-elle.

– Monsieur B., fit Thelma, pourriez-vous me servir un verre de whisky sec.

– Un whisky sec ! rétorqua-t-il. Vous voulez un whisky sec ?

– Oui, fit-elle. Ce truc qui se boit aux veillées mortuaires. »

M. Bain disparut dans l'autre pièce.

« C'est l'heure ! cria-t-il en revenant.

– Merci, fit Thelma, et elle lui prit des mains le verre qu'il lui avait servi. Bon, alors, et pourquoi pas des chansons ? Qui connaît des chansons ?

---

ou encore :

Va, et cueille l'étoile filante
Cueille avec l'enfant la racine de mandragore
Dis-moi où se cachent les années passées,
Apprends-moi à écouter les sirènes chanter. (*N.d.T.*)

1. Citation tirée de *La Vie de Johnson, 26 octobre 1770*, de Boswell, qui va ainsi :

> *« A gentleman who had been very unhappy in marriage, married immediately after his wife died : Johnson said, it was the triumph of hope over experience. »*

ou encore :

> « Un homme qui avait connu un mariage très malheureux s'est marié immédiatement après la mort de sa femme : Johnson a dit que c'était le triomphe de l'espoir sur l'expérience. » (*N.d.T.*)

– *Chi-Baba, Chi-Baba, Chi-Wawa*, fit M. Bain. Ça devrait les occuper, ça.

– Bon, fit Thelma. Comment ça s'écrit ? »

Pendant les quelques minutes qui suivirent, M. Bain prétendit que Chi-Baba s'écrivait avec un S et Mme MacDermott rétorqua qu'elle n'avait jamais entendu dire ça. Thelma l'écrivit du mieux qu'elle put et dit : « Nous n'avons toujours pas de citations.

– Attendez une seconde, fit Mme MacDermott. "Tu n'as déjà que trop d'eau, pauvre Ophélie ; je retiendrai donc mes larmes [1]..." C'est dans *Hamlet*, quand ils annoncent qu'Ophélie s'est noyée. »

Mme Bain eut un rire nerveux. « C'est gentil ça, fit-elle. Tu es pire que moi.

– Oh, mais qu'est-ce qui m'a pris de dire ça ? fit Mme MacDermott. Oh, ce serait affreux si Bob tombait dessus.

– Et la pauvre petite Emmy alors ? fit Mme Bain. On n'a pas le droit de la blesser. Bob ne voudra plus jamais nous adresser la parole.

– Ce serait méchant de leur rappeler quelque chose de déplaisant, fit Mme MacDermott.

– "Déplaisant", c'est rien de le dire, vous ne trouvez pas ? fit Thelma.

– Ecoutez, fit M. Bain. Et pourquoi pas une pièce de théâtre ? *Billion Dollar Baby* ?

– Dis donc, chéri ! fit Mme Bain. Tu n'as pas non plus besoin de le leur servir sur un plateau.

1. Laertes à la reine, *Hamlet*, de W. Shakespeare, acte IV, sc. 7. (Traduction de F. V. Hugo.) (*N.d.T.*)

– Je ne sais pas, fit Thelma. Ce serait tout de même gentil de leur proposer quelque chose que notre chère Emmy puisse comprendre.

– Si elle doit jouer ça, fit Mme Bain, tout ce qu'elle aura à faire c'est de se désigner, elle.

– Ah, allez, fit Thelma. Ce n'est pas de sa faute, la pauvre enfant.

– Je ne vois pas pourquoi elle devrait le prendre mal, fit Mme MacDermott. Moi, je le prendrais comme un compliment si on devait penser de moi que j'ai un billion de dollars. Après tout, ce n'est pas comme si Bob l'avait épousée pour son argent. Évidemment, à première vue, c'est ce que beaucoup de gens ont dû se dire. Mais c'est clair qu'il est fou amoureux d'elle maintenant. Je n'ai jamais vu un homme aussi fou d'amour pour une femme, moi. Pas vous, Thelma ?

– Ma chère, ne nous mêlons pas de l'amour magnifique des Lineham, fit Thelma. Nous sommes censés trouver des énigmes à faire deviner à l'autre équipe.

– Moi, je n'ai jamais vu ça, fit Mme MacDermott. J'ai même la nette impression qu'on les dérange. On aurait dû les laisser seuls.

– Vraiment, fit Thelma. Voyons, où en étions-nous ? » Elle nota *Billion Dollar Baby* sur un bout de papier et le plia en deux.

Les membres de l'autre équipe s'impatientaient. « Hé, qu'est-ce que vous fabriquez là-dedans ? Ça fait des heures qu'on est prêts. »

Mme MacDermott leur répondit en hurlant : « D'accord, d'accord, encore une minute. »

« Nous parlons trop, fit Thelma. Nous n'avons pas encore de citation. C'était quoi déjà cette phrase de *Hamlet* ? "Tu n'as déjà que trop d'eau, pauvre Ophélie..." Oh, oui. » Et elle se mit à écrire.

« Vous n'allez tout de même pas utiliser celle-là ? fit Mme MacDermott.

– Je la note simplement au cas où nous ne trouvions rien d'autre, fit Thelma.

– Toutes les idées que j'ai eues sont mauvaises, fit Mme Bain. On ne peut pas parler d'eau, on ne peut pas parler de filles riches, on ne peut pas parler de deuxième mariage ! Qu'est-ce qu'on peut faire ?

– Oh, j'en ai une, fit Thelma. Encore du Shakespeare. » Elle griffonna hâtivement.

L'autre équipe s'impatienta de nouveau.

« Oh, je vous en prie, Thelma, fit Mme MacDermott. Qu'est-ce que c'est ?

– Je vous le dirai une fois là-bas », fit Thelma. Elle haussa la voix et lança : « On arrive. »

Ils allèrent dans l'autre pièce où les attendait tranquillement l'autre équipe. Leur groupe aussi avait eu quelques difficultés à faire son choix. Sherm avait rencontré les mêmes réticences que Mme Bain. Il avait insisté pour que son équipe choisisse la chanson *Souvenez-vous de la douce Alice* et, pour défendre sa cause, il l'avait chantée et rechantée. Nerveusement réprimé par M. MacDermott, il avait ensuite suggéré *Au tréfonds, sommeil profond* et, ne suscitant aucun enthousiasme, il avait continué avec *Roulez la barrique*. C'était à ce moment-là qu'Emmy était partie lui resservir un verre.

Les deux capitaines adverses s'échangèrent leurs

bouts de papier, et les équipes prirent place l'une en face de l'autre. Quand Sherm participait à une partie de Jeu, il fallait que son équipe commence. Il était même de règle que Sherm ouvre le jeu. Il fallait qu'il fasse son solo avant de s'endormir.

Sherm, ravi et confiant, sortit un bout de papier, se leva et prit place face à son équipe. Il fit une révérence, mais si lentement que des mains serviables se tendirent vers lui et des voix pleines de sollicitude s'écrièrent : « Whoo-oo-ps ! » Il retrouva son équilibre et, au « Partez ! » de son capitaine, déplia le papier. Il dut accomplir tout cela d'une seule main, car son autre main était enroulée autour de son verre. Il lut ce qu'il y avait d'écrit sur le papier et commença sa performance.

Au bout d'un moment, son équipe comprit enfin qu'il cherchait à signifier qu'il devait chanter une chanson. Pour ça il ouvrit la bouche et en extirpa quelque chose, vraisemblablement de la musique. Ensuite, lui vint l'inspiration ; il se mit à mimer qu'il se couvrait le visage de mousse et qu'il se rasait la barbe. Mais ses camarades eurent du mal à deviner son stratagème, car la main qui tenait son verre masquait ce que l'autre main était en train de faire. Assis les coudes posés sur les genoux, et leur menton dans leurs mains, ils l'observèrent longuement en passant par diverses étapes de frustration, jusqu'à ce que M. Bain, le chronométreur, lance joyeusement : « Allez, Sherm, votre temps est écoulé !

– Qu'est-ce qu'il y a ? hurla Sherm, avec une pointe d'amertume dans la voix. Vous dormez ou quoi ? » Il se tourna vers l'équipe adverse, espérant qu'elle le soutiendrait. « C'était limpide ce que je faisais, non ? D'abord, j'ai joué "chanson" et après j'ai joué le titre. De toute façon, c'est injuste.

– Il n'y a rien d'injuste, fit M. Bain. C'est *Chi-Baba, Chi-Baba, Chi-Wawa*. Tous les gosses de la rue chantent ça. Seulement, au nom du Ciel, qu'est-ce que vous fabriquiez avec votre visage ?

– Je me rasais, fit Sherm dignement. J'étais coiffeur pour hommes. »

Des hurlements de dérision jaillirent dans toute la pièce. Sherm se retira en boudant du côté du plateau d'alcools.

Mme MacDermott se porta volontaire pour passer la première de son équipe. Elle déplia son papier, jeta à ses adversaires le regard vide de rigueur et indiqua qu'elle allait jouer un extrait de poème. Quelques secondes suffirent pour que son équipe devine qu'il s'agissait de :

« Il était reveneure ; les slictueux toves
Sur l'allouinde gyraient et vriblaient [1]. »

La rapidité de la réponse ne fut pas tant due aux dons dramatiques de Mme MacDermott – malgré sa remarquable performance avec « gyraient » et « vriblaient » – qu'au simple fait qu'une citation du « *Jabberwocky* » tombait presque inévitablement dans tou-

1. Citation (deux premiers vers) tirée du poème que déchiffre Alice dans la Maison du Miroir, chapitre premier de *De l'autre côté du miroir*. Ce poème a pour titre « *Jabberwocky* » et a été traduit « Bredoulocheux » par Henri Parisot (édition bilingue, Aubier Flammarion). (*N.d.T.*)

tes les sessions du Jeu. Les participants s'y attendent et s'y préparent à chaque fois.

« Magnifique, magnifique, lança Sherm amèrement. Moi je ne tombe jamais sur un tel jeu d'enfant que "slictueux toves". Oh, non, moi il faut que je me coltine *Chi-Baba, Chi-Baba, Chi-Wawa* ! »

Ensuite, ce fut au tour de M. MacDermott de se lever, avec la lourde responsabilité de devoir redorer le blason de son équipe. Il lut ses indications, fit le signe de mise signifiant qu'il exécuterait le titre d'une pièce de théâtre, que le titre était en trois mots, et qu'il allait commencer par le dernier mot. Il croisa les bras et se mit à les bercer tendrement.

« Mal au ventre ! » lança Sherm.

Les autres membres de l'équipe assaillirent M. MacDermott de réponses :

« Berceuse ? C'est berceuse ?

– Enfant ? Nourrisson ? Bébé ?… C'est mmm, mmm bébé. »

M. MacDermott, ivre de son rapide succès, tenta, et c'était sans précédent, de faire les deux autres mots à la fois. Il se frotta plusieurs fois le pouce et l'index. Personne ne devina que c'était le symbole de l'argent. Personne ne devina rien du tout. M. MacDermott décida de clarifier les choses en se mouillant le pouce et en le frottant contre la paume de son autre main en va-et-vient pour imiter le geste de compter des billets.

« Argent ? C'est argent ? »

M. MacDermott gesticula autant que possible pour que ses camarades comprennent qu'ils y étaient presque.

« Non, ça ne peut pas être argent. Comment est-ce que ça peut être argent, il y a “bébé” dedans. Il est en train de faire quelque chose à propos d'un bébé. »

M. MacDermott compta plus fougueusement son argent invisible.

« *Billion Dollar Baby* », s'écria Emmy tout d'un coup.

M. MacDermott lui tendit les bras et se calma.

Des hurlements fusèrent : « Magnifique ! Ma parole, elle est magnifique ! » et Bob, fier comme Artaban, l'embrassa comme s'ils étaient seuls dans la pièce.

Thelma les observa, assise sur le sofa qui leur faisait face.

« Ma foi, je n'ai rien fait d'exceptionnel, fit Emmy, quand Bob la relâcha. C'était un accident.

– Oh, non, Emmy, fit Thelma, les accidents n'existent pas. N'est-ce pas, Bob ? »

Ces paroles dites dans un quasi-murmure eurent bizarrement sur Bob l'effet de hurlements qui le prenaient à partie.

Ensuite, ce fut au tour de Mme Bain. Après les préliminaires conventionnels, elle fit comprendre à ses partenaires qu'on lui avait assigné une citation de huit mots, et qu'elle allait commencer par le premier. Elle répéta plusieurs fois le geste de pointer vigoureusement le sol du doigt. Les propositions de réponse ne se firent pas attendre.

« Sol ? »

« Moquette ? »

« Terre ? »

Mme Bain insista, comme pour suggérer de plus grandes profondeurs.

« Sous-sol ? »

« Enfer rime avec femme en furie », s'écria Thelma, si rapidement que la phrase ne semblait qu'un seul et long mot.

Les joueurs lui rendirent le plus grand des hommages, à savoir un silence de plomb. Quand ils retrouvèrent leur voix, leurs cris varièrent de « Magnifique ! » à « Nom de Dieu ! »

« Sincèrement, fit Emmy, c'est absolument terrifiant. »

Thelma lui sourit. « Bon, ce n'était pas tant une question de savoir deviner, fit-elle. Je reconnais la fine touche de M. Lineham. C'est lui qui a eu l'idée de cette citation, n'est-ce pas ?

– Ma foi, oui, fit Emmy. Comment diable avez-vous deviné ? »

Thelma sourit de nouveau. « Voyez-vous, fit-elle, Bob et moi avons beaucoup joué ensemble. »

Sherm, qui s'était levé pour rendre visite au plateau d'alcools, fut tragiquement déçu. « Il n'y a plus de brandy, fit-il. Alors là, comment ça se fait ? Oh, tant pis, je suis un Spartiate, je vais le faire au whisky.

– Veux-tu y aller, mon cher cœur ? demanda Bob à Emmy.

– Non, toi, fit-elle. Je veux y aller au dernier moment. Je suis morte de peur. Ma foi, chéri, vous avez l'air épouvanté vous aussi… Regardez Bob, il est blanc comme un linge ! »

Bob examina les deux derniers bouts de papier, ne sachant lequel choisir.

« Prenez n'importe lequel, cher ami, fit Thelma, ils ont été tous deux faits pour vous.

– Hé, fit Mme Bain, vous ne devez rien lui dire. Pas de manigances entre vous. C'est contre les règles.

– Ah, oui, fit Thelma. La règle de cette année. » Elle se dirigea vers le plateau d'alcools et remplit son verre.

Bob choisit l'un des deux bouts de papier et, au top de départ, le déplia et lut ce qu'il y avait d'écrit. Suivant la procédure de mise, il se tourna vers l'équipe adverse, mais il ne regarda pas tous les membres de la troupe. Il ne regarda que Thelma. Elle lui sourit de son sourire lent qui dévoilait ses magnifiques dents, mais il y avait quelque chose de différent dans son sourire ; il y avait quelque chose de différent en elle. Son éclat, son éclat si particulier, avait disparu ; on eût dit que son rayonnement intérieur s'était refroidi, comme lorsqu'une lumière précieuse s'éteint, son obscurité nouvelle était froide et menaçante.

Bob se retourna vers son équipe, leva la main pour annoncer une citation, mais baissa les bras. « Je… je ne peux pas… le faire. »

Dans ses rangs, on gronda d'affligement. « Oh, Bob, comment ça vous ne pouvez pas ? Bien sûr que vous pouvez. Allez-y », et les couvrant tous, la petite voix d'Emmy s'écria : « Enfin, chéri, vous pouvez tout faire. »

« Désolé, fit Bob, c'est trop difficile.

– Qu'est-ce que ça a de si difficile, Bob, olé mon gars, olé mon gars ? fit Sherm. Regardez ce que j'ai eu, moi. J'ai dû faire *Chi-klobba, Chi-blobba, Chi-*

schmobba. Quoi que vous ayez, ça doit être du velours.

– Combien de mots ? » fit Emmy.

Il leva dix doigts, puis quatre.

« Écoutez, j'abandonne, fit-il, et sa voix tremblait. Je veux bien jouer au Jeu décemment, mais qu'on me pende si je dois supporter ce genre de choses ! »

L'équipe adversaire s'agita aussitôt.

M. Bain se précipita sur Bob et lui arracha le papier des mains et lut ce qu'il y avait d'écrit. « C'est pour ça que vous vous excitez ? Ça ne va pas, Bob ? C'est une citation de *Hamlet*. Un enfant saurait le reconnaître. C'est tout à fait équitable.

– Équitable, mon œil ! fit Bob. On n'a le droit de faire ça à personne. »

La compagnie sombra dans un silence gêné. La douce et langoureuse et si gentille Thelma s'approcha et examina le papier.

« Oh, c'est donc sur ça qu'il est tombé, fit-elle. Écoutez, dit-elle aux coéquipiers de Bob, je vous pose la question : “Est-ce que c'est gentil de s'entendre dire qu'on est injuste de la part de quelqu'un qui depuis des années a été vôtre… de la part d'un vieil ami.” Voilà la citation. C'est quand ils annoncent la nouvelle que la pauvre petite Ophélie est morte. “Tu n'as déjà que trop d'eau, pauvre Ophélie ; je retiendrai donc mes larmes.” » Elle se tourna vers Emmy. « Dites-moi donc, Emmy, comment se fait-il que votre mari soit si bouleversé ?

– Eh bien, la citation est horriblement longue, fit Emmy. Et difficile et enfin… vous savez. »

Elle eut un regard suppliant pour Thelma, pour

la grande femme sereine, la femme au rayonnement si particulier, la femme qui s'était montrée si gentille avec elle, la femme qu'elle préférait… mais c'était une étrangère qu'elle avait à présent devant les yeux. Une étrangère

« Oh, allez, fit Mme MacDermott. S'il ne veut pas le faire, il ne veut pas le faire. Je ne l'ai jamais trouvée bien, cette citation, d'abord. Rappelez-vous, je vous l'avais dit, Thelma. Bon, Bob, vous êtes éliminé. Finissons le Jeu. Allez, monsieur B., c'est à vous. »

Les équipes reprirent chacune leur place. Bob, toujours secoué par son petit scandale, s'assit à côté d'Emmy. Elle lui caressa le poignet et laissa sa main là.

M. Bain déplia son papier et le lut : « … pesantes, usées, plates et stériles [1]… » (Au final, ce fut un grand soir pour *Hamlet*, comme souvent quand ils jouaient au Jeu.)

M. Bain exécuta « pesantes » à son idée, donc sans résultat ; pas plus d'ailleurs que pour son interprétation de « usées » ; aussi, décida-t-il d'oublier un peu ses idées, et chercha une mimique plus facile pour « plates ». Il croisa les mains, parallèles au sol.

« Doux ? »

1. Citation extraite d'une tirade de *Hamlet*, dans l'acte I, scène 2 : « ... *How weary, stale, flat and unprofitable* », qui en français s'énonce ainsi :

« Ah ! Si cette chair trop solide pouvait se fondre, se dissoudre et se perdre en rosée ! Si l'Éternel n'avait pas dirigé ses canons sur le suicide !... Ô Dieu ! Ô Dieu ! combien pesantes, usées, plates et stériles, me semblent toutes les jouissances de ce monde ! » (Traduction de F. V. Hugo.) (*N.d.T.*)

« Niveau ? »

« Plat ? »

M. Bain leur signifia leur bonne réponse et fit un deuxième essai pour le mot « pesantes ». Il reposa sa joue sur ses deux mains jointes comme un enfant fatigué.

« Fatigué ? » firent-ils. « Fatigué ? »

« Le marchand de sable ? »

« Dormir ? »

« Voyons voir, il a déjà fait “plat” », fit Thelma. Sans doute était-ce l'influence de Hamlet qui la faisait presque soliloquer. « Mais quelle sorte de “plat” cherchait-il à nous montrer ? Était-ce plat plat ?... Ou une autre sorte de plat ?... Un endroit [1] ?... Deux pièces, peut-être... Un sanctuaire ?... Quand deux personnes se retrouvent pour s'isoler du monde – un havre secret – au fil des ans... »

Le Jeu était beaucoup plus silencieux qu'au début. Nul doute que la conduite de Bob avait refroidi la compagnie. L'équipe de Bob resta muette.

Les paroles mélodieuses de Thelma ondulèrent jusqu'à eux. « Et si c'est “dormir” qu'il est en train de faire maintenant... “dormir”... alors je ne pense pas qu'il voulait dire plat plat... Je crois qu'il s'agit d'un endroit secret... »

1. « Un endroit ? » : en effet, en anglais, *flat* signifie également un appartement et c'est dans ce sens-là que Thelma veut orienter ses questions car elle espère déstabiliser Emmy. Or, la traduction française rend impossible l'allusion au deuxième sens de *flat*. Le traducteur a toutefois opté pour une traduction littérale des deux sens afin de rendre tout l'esprit cynique de Thelma. (*N.d.T.*)

Progressivement, la petite Lineham retira sa main du poignet de son mari.

M. Bain annula toute spéculation de plus en retournant à son deuxième mot. Il mima qu'il tranchait du pain et poursuivit en étalant graphiquement du beurre sur une tranche ; il se mit à la grignoter, et la rejeta en jouant toute une palette de manifestations de dégoût.

« Je crois que c'est du pain qu'il vient de manger, fit Thelma, et qu'il y a quelque chose qui ne va pas avec ce pain. Peut-être que c'est du vieux pain. Usé[1] : quel mot détestable. L'amour usé. C'est "usé" n'est-ce pas ?

– Oh, attendez une minute, attendez une minute, fit Mme MacDermott. C'est tiré de *Hamlet*, ça aussi. "Pesantes, usées, plates…" et quelque chose d'autre. Un de ces adjectifs morbides.

– Oh, je sais, fit Thelma. Le dernier mot c'est "stériles". "… Pesantes, usées, flates et stériles…"

– Comme le dit la fille au marin », fit Sherm. Il se leva et s'autofélicita en se servant un autre verre de whisky.

« Allez-y Emmy, fit Mme MacDermott. C'est à vous.

– Vous n'êtes pas obligée, Emmy, fit Bob. Si vous ne le souhaitez pas.

1. « Usé » : ajout du traducteur afin de rendre encore une fois l'analogie voulue par Thelma. En effet, en anglais, *stale* s'emploie également pour des aliments, et notamment du pain lorsque celui-ci est rassis. Or, le traducteur n'a pas utilisé l'adjectif rassis dans sa traduction de la citation initiale de Shakespeare. Il a donc été jugé utile d'ajouter le mot « usé » afin de mieux coller au jeu de devinettes analogiques. (*N.d.T.*)

– Je vais le faire, fit Emmy. »

Elle prit le dernier bout de papier. M. MacDermott, se souvenant tout d'un coup, murmura à Thelma. « Oh, celui-là c'est le vôtre. Qu'est-ce que c'est ? Vous ne nous avez pas dit.

– C'est tiré de *Henri V*, fit Thelma.

– Oh, j'ai vu le film. Laurence Olivier », fit Mme MacDermott.

Emmy déplia son papier, l'examina et resta prostrée devant son équipe, sans espoir. « Oh, mon Dieu, fit-elle. Je ne sais absolument pas comment le faire. Je ne sais même pas ce que ça veut dire. »

Ils essayèrent de la rassurer en lui disant : « Bien sûr que vous allez y arriver. Allez-y, essayez. Nous sommes tous avec vous, Emmy », et ainsi de suite.

Sans espoir, elle examina de nouveau le papier. « Donnent le redoutable signal des préparatifs. Tiré de *Henri V* de William Shakespeare [1] », lut-elle.

« Je ne peux pas, fit-elle à son équipe, toute piteuse. Je ne sais pas.

– Allez, firent-ils. Qu'est-ce que c'est ? Une chanson, un livre, une personne, quoi ? Oh, c'est une citation… Combien de mots ?… Cinq. Quel est le premier mot ? Allez-y. Vous pouvez y arriver. »

Emmy se mit timidement à faire semblant de sortir des objets invisibles d'un réceptacle invisible et de les présenter à son équipe.

1. Citation tirée de *Henry V*, scène 11, traduction de F. V. Hugo lorsque le chœur annonce le départ du roi en guerre contre le roi de France. En anglais, elle s'énonce ainsi : « *Give the dreadful note of preparation.* » (*N.d.T.*)

« Qu'est-ce qu'elle fait ?

– Elle nous tend quelque chose.

– Elle nous donne quelque chose ?

– "Donner", fit Bob. Vous êtes en train de donner, n'est-ce pas, mon cher cœur ?

– Ma parole, la petite y arrive très bien, fit Sherm.

– Okay. "Donner", fit M. MacDermott. Prochain mot.

– Deuxième mot ?

– Même racine que son verbe [1].

– La racine.

– Vous faites "peur". Vous êtes angoissée.

– Vous redoutez quelque chose ?… Oh, la racine, c'est "redouter".

– C'est "redouté" ?

– C'est "redoutable" ?

– Le deuxième mot, c'est "redoutable". Ma parole, cette fille est une experte !

– Allez, troisième mot.

– Une syllabe ?

– Qu'est-ce qu'elle fait ?

– Elle se gratte la paume, fit Sherm. Quelque chose qui gratte. Moustiques. DDT.

– Oh, Sherm, ôtez-vous de là.

– Allez, Emmy. Recommencez.

– Vous êtes en train d'écrire ? C'est ça que vous faites dans votre main ?

– Vous écrivez un livre ? Un livre ? Un roman ?

1. Ici, le traducteur a été obligé de s'adapter au français en transformant l'idée de « syllabes » en mot de même racine. (*N.d.T.*)

– Une lettre ?

– Des cartes de vœux ? fit Sherm.

– C'est une lettre que vous écrivez ?

– Non. Ça ne peux pas être "lettre", ça ne doit faire qu'une syllabe.

– Note ! C'est note…

– Okay. Donnez l'affreuse note… »

Emmy pressa les phalanges de ses doigts contre ses tempes, essayant désespérément de trouver une idée pour la suite. « Donnez l'affreuse note, murmura-t-elle. Donnez… l'affreuse… note. »

(En règle générale, les joueurs n'ont pas le droit de parler, mais personne ne l'arrêta ; elle était si petite, et jeune mariée de surcroît.)

« Affreuse note », fit-elle. Elle jeta un regard implorant à Bob, comme pour qu'il l'aide par télépathie. « Affreuse note ! fit-elle. Donnez… l'affreuse… note… Bob. Bob ! Que se passe-t-il ? Vous ne vous sentez pas bien ?

– Non, ma chérie, je… Fait chaud ici. Je vais… me servir à boire.

– Allez, Emmy, oubliez le marié pour une minute !

– Il va très bien. Faites le quatrième mot. Oh, vous en êtes au cinquième.

– Combien de syllabes ? Oh, vous allez nous faire le mot tout entier ?

– Qu'est-ce qu'elle fait, là ?

– Vous pliez quelque chose. C'est ça que vous êtes en train de faire ? Vous pliez des habits ?

– Vous les rangez dans un tiroir ?

– Vous les mettez dans un sac. Vous faites vos valises. C'est "valise" ?

– Oh, c'est pas du tout ça, fit Emmy. Si seulement je savais comment le faire. »

Thelma finit son verre d'un trait. « Je vais lui dire comment faire, fit-elle. Laissez-moi l'aider. De toute façon, il faut que je sorte pour remonter un peu Bob. Approchez-vous, chérie. Je vais vous le chuchoter à l'oreille.

– Non, fit Bob. Laissez-la tranquille. Laissez-la faire à son idée.

– Oh, mais j'ai besoin d'aide, Bobby », fit Emmy. Et elle se dirigea vers Thelma pour recevoir ses instructions. « Oh, fit-elle, après un temps. Vous pensez réellement que c'est comme ça qu'il faut faire ?

– C'est la seule façon, fit Thelma.

– Eh bien, merci beaucoup », fit Emmy. Elle recommença à mimer.

« Vous ôtez vos habits ? C'est déshabiller ? "Strip-tease" ?

– Non, elle enfile quelque chose. Elle passe d'abord sa tête.

– Vous allez quelque part ?

– Vous mettez le pied dans quelque chose. Quelque chose de froid. C'est de l'eau ? Vous mettez le pied dans l'eau ?... Oui, elle frissonne. »

Mme MacDermott n'en put plus : « Thelma, arrêtez-la ! Qu'elle arrête ! »

Thelma ne lui prêta pas attention. L'autre équipe continua à chercher.

« Vous allez vous baigner ? »

On entendit du verre se briser. Au début, ils pensèrent à Sherm et à ses habitudes de fin de soirée, mais ils jetèrent un œil et virent Bob. Il avait posé son verre trop brutalement et l'avait cassé.

« Oui, elle veut aller se baigner, fit Bob agressivement. C'est bien ça, pas vrai, Thelma ?

– Oui, mais le mot, c'est quoi ? fit Sherm.

– "Préparatifs", fit Thelma.

– Qu'est-ce que c'est que cette façon de parler ? fit Sherm. "Donnez la redoutable note de préparatif." Ça veut dire quoi ?

– Mais enfin, n'importe qui aurait dû deviner ce que ça veut dire en voyant ce qu'elle a fait, lança Thelma. Elle l'a fait admirablement. Elle a fait "note" comme une note écrite. En fait, ça veut dire "note", le son… Elle l'a fait mieux. J'imagine que le mot "préparatifs" lui a fait penser à note écrite. Vous savez, quelqu'un qui se prépare à faire quelque chose. Quelqu'un qui écrit une note pour montrer qu'il a eu l'intention de faire quelque chose, que ce n'est pas juste *arrivé*. Ou c'est peut-être à cause du mot "redoutable". Une redoutable note. Une note qui ne doit être vue de personne. Une dernière note, que cette personne, peu importe de qui il s'agit, a laissée pour montrer qu'elle, qu'ils avaient découvert quelque chose, quelque chose qui durait depuis des années, quelque chose d'inimaginable. D'insoutenable. Et ensuite, "préparatifs". N'était-elle pas absolument trognon de se préparer à aller prendre un bain ? Mais enfin, vous aviez de quoi lire toute l'histoire. »

Emmy se tourna vers Bob, sauvagement.

« De quoi parle-t-elle ? fit-elle. De quoi parle-t-elle ? C'est qui ce quelqu'un dont elle parle ? Qui est allé dans l'eau froide ? Qui est ce quelqu'un qui a trouvé quelque chose et qui a écrit une affreuse note pour dire ce qu'il allait faire, pour montrer que ce n'était pas un accident. *Bob, de quoi parle-t-elle ? Qu'est-ce qu'elle dit ?*

– Tout sauf le nom d'Alice », fit Bob. Il n'y eut pas un seul bruit lorsqu'il quitta la pièce.

Dissipant la gêne comme le soleil du matin dissipe la brume grise, Thelma s'approcha d'Emmy, chaleureuse et gracieuse.

« Ne faites pas attention à lui, fit Thelma. Il est à bout c'est tout. C'est normal, il est nerveux. Sa première fête dans sa nouvelle maison. Ne vous faites pas de souci pour lui. »

Elle prit Emmy dans ses bras. Mais Emmy se dégagea brutalement comme si la chair pâle et fraîche de Thelma souillait ses épaules.

« Ne me touchez pas ! s'écria-t-elle entre ses dents. Ne m'approchez plus jamais, jamais, jamais ! »

Sherm, avec son verre presque vide dans la main, chancela en se redressant de toute sa hauteur et de tout son poids. Il se pencha vers Emmy : « Attendez une minute, petite, fit-il. Vous êtes une fille bien, et je vous aime bien, mais vous n'avez pas le droit de parler à Thelma sur ce ton. Que ceux qui ne souhaitent pas la voir par ici aillent faire un saut dans le lac !

– Oh, mon Dieu ! fit Mme MacDermott. Oh, mon Dieu ! »

Cosmopolitan, décembre 1948

Table

Quel joli petit tableau	7
La jarretière	23
La chape de compliments	31
Une journée horrible, demain	37
Récit de voyage	47
Retour à la maison	55
Oh ! Il est charmant	65
Miss Carrington et Miss Crane	71
Une femme particulière	79
Une jeune femme en dentelle verte	85
Conversation à trois heures du matin	95
Le berceau de la civilisation	99
Mais celui à ma droite	105
Conseils à la petite Peyton	113
Le dîner de corbeau	125
Le jeu	143

Composition : I.G.S. - Charente-Photogravure à l'Isle-d'Espagnac
Impression : S.N. Firmin-Didot au Mesnil-sur-l'Estrée
Dépôt légal : avril 1999
N° d'édition : 1457-2 - N° d'impression : 47604